跨度·传奇文库
Kuadu Legend Series

跨度·传奇文库
Kuadu Legend Series

徐福东渡

郭明辉 ◎ 著

中国文史出版社

图书在版编目(CIP)数据

徐福东渡 / 郭明辉著. — 北京:中国文史出版社,
2019.3

(跨度传奇文库)

ISBN 978 – 7 – 5205 – 0889 – 6

Ⅰ. ①徐… Ⅱ. ①郭… Ⅲ. ①长篇小说 – 中国 – 当代
Ⅳ. ①I247.5

中国版本图书馆 CIP 数据核字(2018)第 270339 号

责任编辑:蔡晓欧　薛未未

出版发行:中国文史出版社

社　　址:北京市海淀区西八里庄 69 号院　邮编:100142

电　　话:010 – 81136606　81136602　81136603(发行部)

传　　真:010 – 81136655

印　　装:廊坊市海涛印刷有限公司

经　　销:全国新华书店

开　　本:720×1020　1/16

印　　张:14　　　　　字数:175 千字

版　　次:2019 年 3 月第 1 版

印　　次:2019 年 3 月第 1 次印刷

定　　价:55.00 元

目　录

天下统一

距今两千多年的战国时期，中国有七个国家争夺天下，史称"七国争雄"。其中的秦国招贤纳士，并实行商鞅变法等一系列改革，逐渐成为七国中实力最强的国家，其势力也不断向东扩展。

秦国的首都在咸阳，当时是一个不小的地方。日薄西山的时候，城里炊烟四起，街上车水马龙，人来人往十分热闹。咸阳城的中心地带，大小宫殿林立，民居鳞次栉比。

咸阳宫内，秦王嬴政正在查看铺在案上的地图。地图上画有七个国家，分别是秦国、楚国、齐国、燕国、赵国、魏国和韩国。并且除了齐国之外，其他各国已被打上了大大的红叉，表示均被秦国所灭。

秦王嬴政手拿粗大毛笔，在地图前一边踱步一边沉思。忽然，他脸上露出狰狞得意的笑容，手指地图上的齐国高声喊道："昔日七雄已灭五国，如今唯我独尊，灭掉齐国，统一天下，已经指日可待！"

丞相王绾拱手向秦王拜道："大王英明，目前我军所向披靡，唯有齐国尚在负隅顽抗。"秦王回身面对丞相王绾，怒目圆睁厉声说道："好个齐王田建小儿，胆敢自不量力拒不降我!"丞相王绾上前一步，俯首向秦王说道："齐王远离秦国，并依山傍海，自恃其力，不但负隅顽抗，而且还扬言要与我大秦断绝往来。"

秦王听后怒视远方随即问道："大将军王贲现在何处?"王绾忙俯首答道："回大王，王贲刚刚灭掉燕国，正准备率领大军胜利返回。"秦王听后猛一转身，再次回到了七国地图面前，他用笔在燕国到齐国的地方用力画了个大大的箭头，然后向丞相王绾指示道："令大将军王贲挥军南下，乘胜前进，一鼓作气攻下齐国!"

丞相王绾派人火速将秦王指令送往正在前方征战的大将军王贲。接到信时，大将军王贲已在灭掉燕国即将凯旋回朝的路上。他接到秦王命令后，立即挥师南下前去攻打齐国。

燕赵平原上，王贲率领的千军万马铺天盖地般地朝齐国进发，沿途势如破竹连攻数城，最后来到了齐国首都临淄城下。

秦军阵容整齐，威风凛凛，严阵以待准备攻城，把城墙上插满齐国旗帜的临淄城围得水泄不通。

战马嘶鸣，大将军王贲的坐骑一跃而起，凛然观望着对面的敌阵。这时，一名将领疾步走来，单腿跪地向王贲报道："报大将军，我军已围城数日，但齐军仍闭关不出。"大将军王贲捻着胡须，眯起细眼，自言自语说道："临淄城地势开阔，并有淄水环绕，实为易守难攻之地。"

站在一旁的军师赵祈上前向大将军王贲献策说："大将军，以鄙人之见，若以水火夹攻，必可陷之。"王贲在马上扭头看着赵祈问道："军师此话怎讲?"赵祈边用手比画着边向王贲解释道："临淄地势开阔，难以靠近对城池进行强攻。若利用流经城中的淄水，并加上大火对其攻打，临淄城一定能够攻破。"

王贲听后，颇有领悟地说道："军师所言有理，水火夹攻，实为上策。不知军师有何妙计，如何进行水火夹攻？"赵祈拱手答道："回大将军，淄水流经临淄城内，水面宽广，气势勃然，既是滋润万物的源泉，也是泛滥成灾的祸根。若在城外筑坝，使城中水势上涨。然后决堤放水，同时加以火攻，城内必将大乱。"赵祈的一番话令王贲愁眉舒展，连连点头表示赞同。

夜晚的临淄城外，灯火皆无，寂静无声。

秦国兵士在昏暗的月光中，车推人抬，将各种物资运往临淄城下的淄水岸边。淄水弯曲处已经堆放了很多土囊和木桩，一些士兵把密集的木桩打入水中，还有一些士兵将土囊堆放在打好的木桩前，逐渐形成了一道堤坝。

水浪冲击着高高的土囊，淄水转弯处被拦截的开口正在逐渐变窄。一将领在巡视堤坝的修筑情况，并不断高声向士兵们喝道："弄得结实点儿，三天之后封口，一定要把淄水拦腰截断！"

其他士兵在另一个地方正趁着月光抓紧装车，一辆辆已经装满柴草的小车如长龙般地摆在了那里。军师赵祈带人查看着准备情况，他走到一辆车前，一边用手拍打着车上的柴草，一边问身旁的将领："准备得怎么样了？"将领拱手答道："已按军师指示备足了柴草。"军师赵祈听后以拳击掌，满怀信心地说道："好！待临淄城中淄水上涨泛滥后，在各城门一起发起火攻。"

秦军大帐门口，火把通明，兵士在四周严加把守，戒备森严。

营帐内大将军王贲满脸严肃，一手按着宝剑，一手抬起向站在前面的将领铿锵有力地说道："日落后即截断淄水，让临淄城内的水位急剧上升。"将领拱手答道："大将军请放心，连日来筑坝水位已经涨了许多。一旦把淄水拦腰截断，用不了几个时辰，淄水就会在城内泛滥成灾。"大将军王贲听后面露喜色，随即向另一将领发令道："鸡鸣时辰发起火攻，趁敌人熟睡之时，将临淄城变为一片火海！"

夜深人静，临淄城内灯火阑珊，一片寂静，齐王田建与妃子正在宫中就寝。这时，一将领从外边匆忙跑了进来，跪在寝宫外向齐王报告："大王，不好了！不好了！"齐王与妃子被突如其来的报告声惊吓而起，齐王横眉怒目，大声喝道："有何大事？深更半夜来惊动本王？！"将领跪在齐王寝宫门外，满脸焦急的样子急切地禀报道："淄水入夜后暴涨，现已泛滥成灾！"

流淌在临淄城中的淄水急速上涨，转眼间便漫上岸来，朝着四面八方的大街小巷翻滚而去。沿岸很多民房已被大水淹至窗口，里面的人们被四处的呼喊声惊醒，只穿着内衣拼命向外逃命。一百姓边逃边呼喊着："不好了，发大水啦！发大水啦！"沿街民房中的人们都纷纷涌出，并有人边往天上看，边十分奇怪地说："这天气滴雨未下，为何会突发大水？"

齐国的士兵们几乎身无遮掩地从兵营中跑了出来，虽说手里还拿着兵器，但早已被突如其来的大水吓蒙。泛滥的淄水已经淹到士兵们的腰部，"救命啊！快跑啊！"的喊声此起彼伏。兵士们早无战意，四处乱窜，只顾逃命。

秦兵军营帷帐中，大将军王贲和众将领正在商议事情。一将领进入帷帐，单腿跪地朝着王贲说："报！据内线消息，临淄城中已发大水，一片混乱。"大将军王贲握拳怒视前方，向将领下令道："好！时机已到，立即火攻，待城中变为火海之后，再决堤放水。"

黑夜中秦军打着火把，推着装满柴草的小车，从四面八方向临淄城的各个城门发起攻击。秦军一边向守城的齐军密集射箭，一边把装满柴草的小车堆靠在了城门边上，并用火把将柴草点燃。

临淄城各个城门顿时火光冲天，浓烟四起，干柴烈火，燃烧起来。火势十分凶猛，从城门烧到整个城楼，守城齐军在大火中纷纷逃窜。"快逃啊，要被烧死啦！"哭喊声划破夜空，甚至有人从城楼上仓皇跳下，四面城门顿时混乱不堪。

淄水不断上涨，房屋已被淹没一半，很多齐军和百姓混在一起在水中挣扎。临淄城四个城门大火熊熊，火势很快就蔓延到附近的民房和军营。没过多时，临淄城到处是一片火海，泛滥的淄水中挤满了逃命的人们。

就在临淄城内水火交加十分混乱的时候，秦军在拦截淄水的堤坝前堆放了很多火药，然后点燃了长长的导火索。随着"轰隆"一声巨响，火光冲天，筑起的堤坝顿时被炸得飞上了天空。决堤后的淄水如脱了缰的野马，波涛汹涌。大水卷带着士兵、百姓和车马等直泻而下。被大水卷走的人们在水中拼命挣扎并不断呼喊："救命啊！""救命啊！"

齐王带着家眷从宫殿二楼的窗户往下观看，脸上露出焦急无奈的神情。临淄城内已是一片火海，远处进攻的秦军隐隐可见。一名将领向齐王谏道："大王，河水泛滥是由西向东，我们从北门突围吧？"齐王看看北方，也是火光冲天，杀声阵阵，绝望地仰天长叹："为时已晚，吾命休矣！"

过了大约一个时辰，临淄城内因堤坝堵塞而泛滥的大水逐渐退去。淄水两岸的房屋有的被大火烧塌，有的还在蹿着火舌和冒着浓烟。秦军从四个城门攻入城中，"冲啊！""杀啊！"呼喊声响彻云霄。

5

齐王带着家眷在卫兵的掩护下从宫中逃出，四处张望，不知朝哪个方向逃跑才好。正在其走投无路之时，秦军的大队人马已经冲到眼前。齐王一见大事不妙，又带着众人按原路返回，仓皇逃窜，一起涌入了宫中。

　　一将士一手高举利剑率先追赶齐王，一手指着前方一边喊道："前面老儿就是齐王，活捉者有赏！"秦军杀声震天，紧跟齐王之后一举攻入宫中，把齐国的守兵纷纷砍倒在地。将士追赶到齐王之后，一手举着刀剑，一手拎着齐王衣领将其从地上拽起。衣衫不整和头发凌乱不堪的齐王，一副欲哭无泪的可怜相，连声向秦国将士央求道："饶命！饶命啊！"

始皇登基

　　秦国首都咸阳城内的咸阳宫里，正在大摆庆功宴席。秦王嬴政朝南高高端坐在宝座上，下面各大臣依次坐成两行，前面的食案上摆放着美酒佳肴。大臣们交杯换盏，谈笑正欢。舞女轻盈入场，翩然起舞。大臣们端着酒杯，眯起色眼，垂涎欲滴，贪婪地看着飘然若仙的美貌舞女。

　　一曲作罢，舞女们相拥退去，宫殿中间现出一个大大的空间。大臣们纷纷起身，离开座位上前列队站在殿上，准备向秦王拜贺。秦王正襟危坐，一副踌躇满志的神态平视着前方。丞相王绾将奏章齐肩端平，高声宣道："王上英明，平定六国，一统天下，名垂千秋。"众大臣应声拱手低身，齐声颂道："吾王万岁，万岁，万万岁！"

　　秦王起身，抬起双手向大臣们示意道："众卿平身。人云创业难，守业更难。今虽六国已灭，天下一统，但若要永葆江山，尚任重道远。"重大臣一并低身拱手答道："吾王英明，臣等愿尽犬马之劳辅佐王上。"

秦王朝着众大臣接着说道："今日天下虽然皆归大秦，但六国旧习仍存，民心恐未归一。请众卿商议，今后如何做才能使我大秦威震天下，千秋万代，永世相传。"王绾拱手答道："昔日七国争霸，各行其政。今我大秦称雄，正可谓是万象更新，百废待兴。"廷尉李斯也上前一步，对秦王奏道："臣以为名正才能言顺，如今普天之下唯有大王称王，若仍用旧称，似有不妥。"

秦王手捋胡须，眯起双眼，对李斯之言颇感兴趣，于是问道："李廷尉所言有理，你觉得应该如何称呼本王才好呢？""这个……"被突然询问感到有些惶惑的李斯低头思索起来。

这时丞相王绾拱手奏道："禀大王，古之大者，莫过三皇五帝。臣以为大王功名盖世，可与之齐名。"站在一旁的李斯沉思了一会儿后奏道："大王平定天下，丰功伟业，自古得天下者多用'帝'号，今后将大王称为'秦帝'如何？"丞相王绾也奏道："古有天皇、地皇、泰皇，其中泰皇最为尊贵，臣以为大王可称为'泰皇'"。

端坐在上的秦王扫视了一下众臣，自言自语地品味道："'秦帝'？'泰皇'？'泰皇'？'秦帝'？"站在下面的李斯又拱手向秦王接着奏道："大王伟业可与日月同辉，称皇称帝均不为过。臣冒死献上尊号，臣等称大王为'皇帝'，王上自称'朕'，如何？"

秦王听后放声大笑起来，跷起大拇指对李斯所奏表示赞赏："'皇帝'？'朕'？好！'朕'就用'皇帝'这个称号了！哈哈哈……"群臣一见秦王新称号商议已定，一齐跪地拜道："大王英明，皇帝万岁，万岁，万万岁！"

一边接受群臣拜贺，一边仍对"皇帝"之称进行忖度的秦王突然把脸一沉，字句铿锵地对群臣说道："从今以后，朕不仅是世上的皇帝，而且要当'始皇帝'，要让二世、三世代代相传，使我大秦万世一体！"

秦始皇接受群臣拜贺之后回到了咸阳城的寝宫，他坐在中央的宝座上，两边侍女持扇伫立。宦官赵高屈身进来报告"禀皇上，丞相王绾和廷尉李斯已经奉旨到来。"秦始皇把手一抬说道："让他们进来吧。"

王绾和李斯进来后，秦始皇对他们说道："天下初定，朕要巡视寰宇，安抚百姓并扬我大秦雄威。"王绾拱手奏道："陛下所言极是，但臣以为六国虽已归秦，然残部尚存，若要远行，恐有不便。"

李斯也拱手奏道："战事虽已结束，但长期以来各国书不同文，车不同轨，行不同伦，可谓天下尚处于国土归秦民心各异的状态。"秦始皇对站在那里的王绾和李斯说："朕要出巡的目的就在于此，安抚民心，统一国制，令世人皆知天下已为大秦！"

秦始皇择日开始了当皇帝之后的第一次东巡。一列车队离开咸阳朝着远方行进，每台车上都插着写有"秦"的旌旗。车中的秦始皇拉开窗帘向外观看，呈现在他眼前的是山川河流和簇簇村落。

车队停了下来，宦官赵高伏地向秦始皇报道："请皇上下车，稍事休息。"秦始皇把脑袋从车窗里伸了出来，满脸不悦地问道："朕还不累，为何休息？"宦官赵高先是用眼睛看了看前方，然后又拱手对秦始皇奏道："回皇上，车队已行至昔日韩国境内，需更换车轮才能继续行进。"

秦始皇面带疑惑地问道："为何要更换车轮？"赵高俯首奏道："回皇上，因以往各国车不同轨，无法行走。"秦始皇伸长脖子朝前看去，在停下的车队远处是一条有着深深车辙的道路。车队最前面的车轮明显宽于道路上的车辙，与其宽度不符的车辆无法继续前行。

秦始皇下车后站在旁边观看，只见兵士们费了好长时间，把秦始皇车队的车辆都换成了符合韩国车辙宽度的架子。秦始皇对此颇感不满，怒斥赵高道："朕要巡视天下，每到一地都要更换车轮，岂有此理！"

吓得哆哆嗦嗦的赵高奏道："回皇上，各国车辙宽度不同由来已久，此多为以往战事或通商所致。现虽然七国归一，但车不同轨现象一时还难以消除。"秦始皇听后面带愠色，眉头紧锁，仰天长叹道："天下一统，尚需时日啊！"

同文同轨

　　咸阳宫中，秦始皇正与大臣们商议国事。高高在上的秦始皇对下面的群臣说："今虽统一了天下，但尚未天下一统。"丞相王绾拱手奏道："土地易得，民心难求。观今日天下因未达到书同文、车同轨、行同伦，故各方面仍处于七国分裂的状态。"

　　秦始皇若有所思地想了一会儿说道："李斯！"李斯上前一步走到群臣前面，朝着坐在上面的秦始皇答道："微臣在。"秦始皇对李斯说道："这件事交给你去做，尽快把天下按大秦文字、车辙和律法统一起来。"

　　李斯拱手说道："臣领旨。文字和律法容易推行，只是……"秦始皇朝李斯问道："只是什么？"李斯向秦始皇奏道："文字有我大秦小篆，律法有我大秦定规，这些尚好推行。只是要实现车同辙必须改建道路，需要大量人力物力……"

　　秦始皇对廷尉李斯说道："实现车同辙乃百年大计，并非只是为了朕的出行。现在六国归秦，天下一统，车同辙后世间可变通衢，有何不好？"李斯忙拱手答道："皇上所言极是，微臣立即着手去

11

办。"秦始皇满怀豪情地把手向前一挥接着说道："朕要让大秦车辆驰骋天下，畅通无阻，我看就把新修的道路叫作'驰道'吧。"

一日，秦始皇在寝宫中一边踱步一边看着放在案上的几幅字。看了一会儿，秦始皇回身问道："赵高，这些就是你说的天下书法精品吗？"赵高拱手答道："回皇上，微臣遵命收集了大秦善书者文字，请陛下高览。"

秦始皇听后眯起眼睛，捋着胡子仔细端详起案上的文字来："嗯……"秦始皇拿起一幅字问赵高，"这幅字是谁写的？"赵高俯身说道："回皇上，此字为程邈所书。"秦始皇努力回想并自言自语地说道："程邈？这个名字朕好像有所耳闻啊……"

赵高拱手向正努力回想程邈是何人的秦始皇奏道："回皇上，陛下是否记得，当年发兵讨齐时，有一狱吏因直言相谏而获罪入狱，他就是程邈。"秦始皇像是问赵高，又像是对自己说道："入狱？是那个善书的下邽人吗？"赵高答道："正是此人。"秦始皇又道："他如今是在何处？"赵高拱手向秦始皇答道："现在云阳狱中服刑。"秦始皇不假思索地对赵高说道："把他放出来，朕要让他完成天下书同文的大业。"

赵高奉旨来到了昏暗阴湿的云阳监狱，跟着领路的狱吏往牢房的深处走去。赵高来到牢房跟前，隔着栏杆朝里面观望，看见牢房的最里面有一人正在伏案写字。那人是一位长发老者，正在奋笔书写。他在每个竹简上只写一个字，身旁写好的字已经堆成高高一摞。

狱吏高声向里面的犯人喝道："程邈，赵大人来看你来了，还不快给大人请安。"程邈就像什么也没听到一样，依然在那里认真书写着。狱吏见此勃然大怒，拿起手中长棍向程邈捅去，被站在一旁的赵高用手拦住。

赵高向牢房里喊道："程大人，我是奉陛下之命来看你的。"程邈把正在书写的手停了下来，抬头斜眼看了一下赵高。赵高继续朝程邈说道："程大人，如今天下一统，皇上欲请大人出山重用。"程邈听了赵高的话后显出一副愤愤不平的样子，粗声说道："在下出狱尚且不能，何谈出山！"赵高边献媚边讨好地又对程邈说道："是鄙人向皇上推荐的，力赞程大人书法天下第一。"

程邈听了赵高的话后，转身朝着已经写好堆在那里的字望去，半晌沉默不语。赵高一看程邈心有动摇，便接着皮笑肉不笑地在一旁说道："皇上欲委以程大人重任，机不可失，时不再来，咱们走吧。"

赵高将程邈带入咸阳宫中，程邈跪地俯首拜见秦始皇。秦始皇坐在上面朝下说道："程邈，知道朕放你出来是为什么吗？"程邈把头紧紧贴在地上答道："小人谢皇上赦不死之恩，愿竭尽全力为陛下效犬马之劳。"

这时站在旁边的赵高赶紧把一幅字放在了程邈的面前，高高在上的秦始皇问道："程邈，这字是你写的吗？"程邈抬头看了一眼放在地上的字，然后又把头伏在地上诚惶诚恐地答道："回皇上，是小人无事随便写的。"

秦始皇一听，高声大笑起来："哈哈哈，随便写的就能名冠天下。好啊，那朕就让你再随便多写些，用你的字来统一天下的字！"伏在地上的程邈听了秦始皇的话浑身一震，满脸疑惑不解地问道："用我的字统一天下？"

秦始皇对程邈说："对！就是用你的字一统天下！现在六国虽然尽归大秦，但天下依然书不同文，朕要用你的字把它们统一起来。"恍然大悟的程邈对秦始皇的话感激涕零，忙磕头答道："小人拜谢皇恩。"

　　秦始皇接着对程邈说:"朕听说你狱中十年,自创隶书三千余字。既然它是出自我大秦疆域,那就叫作'秦隶'吧。朕封你为朝中御史,限期向天下普及秦隶。"程邈伏地再拜道:"谢皇上隆恩,臣定不遗余力,不辱皇命。"

神仙之道

　　朝阳沐浴着整个咸阳城，位于城中央的宫殿群庄严肃穆，周围的民居炊烟袅袅。

　　秦始皇上朝后，赵高等侍者站在一旁，下面是列队的文武百官。坐在上面的秦始皇对众臣说道："朕有一事，想听听众爱卿们的意见。"丞相王绾和廷尉李斯等文武官员拱手拜道："微臣听旨。"

　　秦始皇边用手数着数边说："当今书同文、车同轨、行同伦等大业均已完成，今后的关键问题是如何保证我大秦江山万代相传，朕想听听爱卿们的意见。"群臣拱手奏道："回皇上，社稷江山大事，为臣不敢妄议。"

　　秦始皇坐在上面看没人敢就自己的提问发表意见，便挥手对下面的群臣说道："社稷江山，匹夫有责，有何不敢？"他环视了一圈之后，见仍无人主动发言，便把手指向李斯说道："李斯，你看呢？"

　　李斯环视了一下左右，然后显得有些无奈地走到群臣前面，拱手拜道："回皇上，臣以为只要君臣一心，励精图治，大秦便万世不衰。"秦始皇听后点了点头，又转身问道："王绾，你看呢？"李斯退回，王绾上前奏道："回皇上，臣以为国运之本在民，若能国泰民安，大秦自然会永世相传。"

这时，有一大臣主动上前拱手奏道："陛下，臣以为国运如何系于君王一身，皇上盖世无双，英明超人方使天下一统。只要陛下健康长寿，大秦社稷自不必担忧。"坐在上面的秦始皇听后哈哈大笑起来，略带讥讽的口气问道："所言初闻似有道理，但人生自古谁无死，长寿又谈何容易，难道你是在阿谀奉承朕吗？"

主动上奏的大臣慌忙伏地向秦始皇拜道："小人绝无戏君之意，虽说人寿在天，但自古以来长寿者不可胜数，臣衷心祝陛下万寿无疆。"秦始皇仔细看了看这个挺身倡导君主长寿便能安国的大臣，觉得有些陌生，于是问道："你是何方人士？朕怎么没见过你？"

大臣站起来拱手答道："回皇上，微臣姓张名吉，来自齐国，现在朝中任博士一职。"坐在上面的秦始皇心里对张吉之言颇感兴趣，于是接着问道："朕广招人才，任博士七十余人，就是为了让众卿辅佐江山社稷。既然你也是博士，那就跟朕说说如何才能长寿呢？"

张吉拱手刚想回答秦始皇的问题，但似乎对周围的人非常介意。他带着似有难言之隐的神情看了一眼秦始皇，又看了看左右的众人，带着神秘的语气奏道："回陛下，臣自幼修方士神仙之道，然长寿秘诀多有天机，向来不示于人，可否择日奏与皇上？"

一日，博士张吉应诏来到秦始皇寝宫，秦始皇身穿便服半躺在低低的床上，博士张吉拱手站在一旁。秦始皇对张吉说："博士，长寿有何天机，现在跟朕说说吧。"张吉拱手向秦始皇奏道："古人长寿者甚多，其中以八百余岁的彭祖为最。考其缘故，无非是得益于内修外治。"

秦始皇觉得张吉话语颇为深奥，他微微起身睁大眼睛，半张嘴巴非常急切地问道："阴修阳补？此话怎讲？"张吉向秦始皇奏道："阴修重在积德，故与修心有关；阳补重在外力，故系采阳之道。"

秦始皇觉得张吉之言似乎有理，捋着胡须想了一会儿继续问道："博士所言似有道理，但如何内修外治，才能达到健康长寿？"张吉压低声音对秦始皇说："所谓内修外治，也就是阴修阳补，若能两全，必然长寿。"

秦始皇若有所思地盯着张吉，问道："修心和采阳？"张吉往秦始皇身边靠了一靠，接着说道："修心之道在于饮食起居，补阳之道则丹药最佳。"秦始皇过去对方士的长生之道也略有耳闻，对丹药更是十分向往，于是两眼冒出急切的目光问道："何处有长寿丹药？"

张吉又往秦始皇跟前挪了挪，压低声音说："微臣修神仙之道多年，谙知炼丹之术，愿为陛下效劳。"秦始皇一听满意地笑了，一边称赞张吉一边说道："那就有劳张博士了，朕自然会记在心里的。"张吉立即叩首谢恩："谢皇上对微臣的厚爱。"

秦始皇又想起刚才张吉说的"阴修"一事，问道："那么何谓'阴修'呢？"张吉答道："阴修之一即为养生，如日曝、辟谷、导引、行气、房中术等均属此道。"秦始皇听后点头称赞，又急切地问道："那么之二呢？"

张吉见秦始皇问起之二，觉得自己有些言多语失，连忙伏在地上吞吞吐吐地答道："回皇上，之二是……这个微臣不敢胡言。"秦始皇见状不解地问道："爱卿之一说得很好，为何之二不敢说了呢？"

张吉勉强壮胆答道："微臣所言阴修之二，实为就一般庶民而言，不敢用于陛下身上。"秦始皇显出满不在乎的样子说道："博士有话就讲，朕不怪罪你。"张吉壮了壮胆子说道："阴修之二是修建陵寝，即在人活着的时候就要建造自己的坟墓。"

秦始皇一听张吉所说的之二是这个，双眉紧锁感到十分不悦，有些不高兴地问道："人活得好好的，为何要为自己修坟造墓？"张吉忙伏地答道："陛下龙体康健，微臣绝无半点儿恶意。坟墓虽然是为埋葬亡者，但在方士之道中另有深意。"

秦始皇听张吉如此说，神情略微放松了下来，还是带着不解的口语问道："你的意思是让朕活着的时候就修陵寝，这样做有何深意？"张吉恭维地答道："庶民修坟叫墓，帝王建墓为陵，或曰寿陵，具有除灾避邪之效。"

秦始皇听了张吉的解释后会心地笑了："原来如此，爱卿果然是博学多才啊。好，那内修外治诸事都交予博士去办了！"张吉见秦始皇如此信任自己，显得有些得意，便趁势对秦始皇说道："微臣回去后就为陛下炼制丹药，为陛下修建陵寝一事也按现世规格设计，不仅要有宫殿楼宇，还要有青山大川，然后配上大军守护，这样皇上就可以安然无恙了。"

秦始皇满意地点了点头，心知修建陵寝要破费很多财力，寻思半晌之后对张吉说道："丹药朕就不客气了，为朕修陵阴修一事，想必要消耗大量人力物力。不过为了江山社稷的长治久安，花些钱也是值得的，需要多少只管报来。"

咸阳城外，群山峻岭，云雾缭绕，青烟缕缕。山顶上有一处道观，庭院深深，错落有致。从门口望去，一老一少正在鼎炉前炼丹。炉子里烈火熊熊，炉子上烟雾渺渺，雾气熏蒸。

博士张吉从秦始皇寝宫返回后，立即带着小徒弟为秦始皇炼丹。小徒弟看着平素早该出炉的丹药问张吉："师傅，本次炼丹有些不同寻常，已过数日为何还不出炉？"张吉低声对小徒弟说道："好好干活儿便是，勿要多嘴。此丹乃是为皇帝所炼，疏忽大意不得。"

小徒弟听说此次是为当今皇帝炼丹，脸上露出紧张的神情，颇为好奇地问张吉："师傅，同是炼丹，皇帝与常人有何不同？"张吉一边调节炉中火力一边说道："同中有异，异中有同。"小徒弟听了师傅的话越发感到不解，眨了眨眼歪头想了一会儿，最后还是禁不住向师父发问道："恕徒弟愚钝，还请师父明示。"

张吉把炉门关好，挺直身子满脸认真地说道："同者都是为了健康长寿，异者则是健康长寿的目的不同。"小徒弟听了张吉的话后，似懂非懂地点了点头，然后说道："徒弟自幼跟随师父学习炼丹，自然懂得目的是获取长生之道。难道皇上服用丹药，除了为长生不老之外，还有其他目的？"

张吉坐了下来，端起杯子一边喝茶一边深沉地对小徒弟说道："常人服用丹药，多为自家性命；而皇上服用丹药，则身系国家命运，这就是同中有异的道理。你来看看这个。"张吉放下杯子，带着小徒弟来到了放有炼丹材料的地方。

张吉拉开几个小盒子给小徒弟看，并说道："为常人炼丹多用草木，为皇帝炼丹多用金石。小徒弟看着盒子里种类繁多的炼丹材料，颇感神秘地说："炼丹术真是大有学问，还望师父多加赐教。"

张吉顺手拿起几样炼丹的材料对小徒弟说道："炼丹乃我道家方士之术，自古师徒相承，口口相授，不示外人。炼丹多用草木金石，尤以四黄、五金、八石为最，其功效是点化自身阴质，使之化为阳气，故需精心提炼方可得到仙药。"

小徒弟指着盒子里红红的东西问："师傅，这是什么？"张吉用手指把红红的东西捏起一小撮来，然后放在掌上给小徒弟看："这是辰砂，其红色是血色气脉的象征，炼成之后称为丹药。"

小徒弟好像明白了一般点了点头，又指着一堆小石块问道："师傅，这些石头也是炼丹的材料吗？"张吉对小徒弟说："别小看这些石子儿，从中可炼出金子，化成水后成为金液，与丹药功效相同，可使人长生不老。"

一天，秦始皇正在寝宫休息，赵高走进来拱手说道："禀皇上，博士张吉来报，说是为皇上所炼丹药已经告成。"正在闭目养神的秦始皇睁大眼睛略带惊喜地问道："哦？已经炼成了？为何不马上献来？"赵高随即报道："博士张吉正在殿外恭候，这就叫他进来。"赵高说完转身向门外喊道："传博士张吉上殿！"

博士张吉趋步来到殿里，伏地向秦始皇拜道："微臣张吉叩见皇上。"秦始皇一边挺身坐起一边示意张吉道："博士平身，听说丹药已经炼好了？"张吉起身拱手把一个精致的锦盒交给赵高，并对秦始皇奏道："回皇上，这就是微臣精心炼制的丹药。"

赵高走到殿上，把锦盒交给了秦始皇。秦始皇接过锦盒将其慢慢打开，里面露出一颗黄澄澄闪闪发光的金丹和一个内装鲜红液体的水晶瓶。秦始皇抬头问张吉："爱卿受累了，这是何种丹药？"

张吉起身拱手奏道："回皇上，一颗是金丹，一瓶是丹液。"秦始皇微微地点了点头，略有领悟地接着问道："哦，如何服用？有何功效？"张吉拱手答道："两者都是内服丹药，金乃万世不灭之物，可保皇上龙体安康；丹液由辰砂炼成，具有强身补血之效。"

秦始皇颇感兴趣地盯着锦盒中的两样丹药，然后好像既是对张吉又是对自己一样说道："有此丹药，朕就可长命百岁了？"张吉拱手奏道："此丹药九九八十一天用纯火炼成，集天地之灵气，服用可保长命久安。"

秦始皇听后若有所思地看着丹药，自言自语地说道："可保长命久安……然人命皆有终期，服了你这丹药，朕能活到何时呢？"张吉见秦始皇问及服用自己炼的丹药能活到什么时候，不敢随意胡言，心中感到十分害怕，左右为难不知如何作答。

这时，站在一旁的赵高领会出秦始皇话里的含义，转身对张吉说道："张博士，皇上是金玉贵体，自可长寿。但只有保皇上长生不老，大秦可让万代相传。"张吉一听，也领会出秦始皇所问的含义，立即战战兢兢地伏地拜道："微臣才疏学浅，唯有炼丹之能，若要长生不老……"

秦始皇听到"长生不老"几个字后眼睛里冒出两道亮光，急忙追问张吉："若要长生不老又该如何？"满脸紧张的张吉伏地奏道："回皇上，微臣炼丹是为长寿，若要长生非入海寻仙采药不可。"

秦始皇对张吉说道："原来如此，爱卿为朕炼丹其心可嘉，朕要是让你入海寻仙找药，可否做得到？"张吉起身拱手奏道："微臣不敢欺君，小人只会炼丹，但我有两个好友精于寻仙采药之道。"

秦始皇问张吉："哦？爱卿两个好友都是何人？现在何处？可否向朕推荐？"张吉拱手答道："回皇上，两人都是东土方士，一个叫卢生，是燕国人，现在碣石；一个叫徐福，是齐国人，现在琅邪。"

秦始皇眯起眼睛，颇感兴趣地问道："为何这两人都在东土？"张吉带着羡慕和夸张的表情奏道："回皇上，东土那边有浩瀚大海，自古相传海中既有仙山也有灵药，故多有深谙神仙之道的方士。"

秦始皇顿感豁然开朗，十分兴奋地转身对站在旁边的赵高说："看来东土齐燕一带尚有许多神秘未知，朕要东巡去那里看个究竟，顺便见见张博士给朕推荐的两个方士。"

始皇东巡

　　在车同轨大业完成后，秦始皇决定再次出巡。从高高的咸阳城上望去，通向四面八方的驰道均已修好。各路车来车往，一片繁忙景象。

　　秦始皇威风凛凛地站在城楼上，满面春风地看着城门外说："驰道已成，天下同轨，朕要巡游天下，彰显大秦国威。"站在后面的赵高谄媚地对秦始皇说："皇上出游，天下欢喜。只是驰道四通八达，不知陛下要去何方？"

　　秦始皇转过身来，一边用手向东指去一边对赵高说："朕不是说过了嘛，要去东土看看！"赵高这才想起上次秦始皇说过的话，连忙躬身答道："是。"

　　秦始皇一声令下，出巡的长长车队走出咸阳城，风尘仆仆地踏上了前往东土之路。队列里有一辆用六匹马拉着的圆顶车辇，它就是秦始皇的御用座驾。

　　秦始皇车队经过几个月的跋涉，来到了昔日齐国的境内。坐在车里的秦始皇拉开窗帘向外张望，看到远处有一座城楼。秦始皇问在旁边行走的赵高："已经走了数月，前面该是临淄了吧？"赵高一边快步跟上秦始皇的车，一边拱着手答道："回皇上，前面就是过去齐国的国都临淄，现为齐郡临淄县。"

车队来到了临淄县城门口，县令陈州带着文武官员和众百姓站在路两边迎接秦始皇。当秦始皇车队来到跟前时，陈州率众官员一齐上前跪拜道："临淄县令陈州在此恭候皇上。"

晚上，县令陈州在府中设宴为秦始皇接风洗尘。酒过三巡之后，坐在中间的秦始皇侧身向陈州说道："朕久闻东土临海靠山，人杰地灵，这次前来要邀游沧海，开阔眼界。"县令陈州忙拱手迎合说道："谢陛下褒扬鄙地，临淄县的确自古以来天时地利，煮盐垦田，富甲一方。明日微臣就陪皇上前去登山观海。"

第二天一大早，秦始皇在县令陈州的引导下来到了东海岸边的琅邪台。这里居高临下，举目眺望，汪洋大海，一览无余。县令陈州向秦始皇介绍道："皇上所见名为东海，此地是琅邪郡，自古以来人才济济，名家辈出。"

秦始皇贪婪地看着一望无际的大海，颇为感怀地说道："朕平生还是第一次见到大海，果然是波澜壮阔，浩瀚无边啊！"秦始皇迎着海风看了一会儿，突然转身若有所思地问县令陈州："琅邪？朕听说这里有一个方士叫徐福，你可知道？"

陈州赶紧上前一步拱手答道："回皇上，此地信奉神仙之道的方士甚多，其中最有名者乃是徐福。"秦始皇听后眼睛一亮，说："哦？徐福是朕在宫中略有耳闻，没想还确有此人。这个徐福为何如此有名？"

陈州答道："徐福乃齐地名士，在方士中博古通今，精于天文地理和神仙之道。他曾屡屡入海寻仙找药，所以在这一带颇有名气。"

秦始皇听后脸上露出了得意的笑容，对县令陈州说："传下去，叫方士徐福前来见朕。"

秦始皇要召见徐福一事很快就传遍了临淄城。徐福家中，几名方士正在嘀嘀咕咕地商议对策。徐福坐在中间，一身方士打扮，带着紧张的神情对大家说："昨天县令传话来，说皇上已到临淄，并要召见鄙人。"

方士荀憬对徐福说："这一定与在咸阳当博士的张吉有关，否则皇上怎么会知道你呢？"徐福边点头边说："我估计这事也与张吉有关系，而且还听说秦始皇性情多疑，暴戾多变，突被召见恐怕凶多吉少。"

方士齐钧在一旁说道："是福不是祸，是祸躲不掉。皇上千里迢迢来到齐地，而且还特意召见兄长，想必福大于祸。"徐福听后并未觉得放心，仍是一脸迷惑地捋着胡须沉思，自言自语地说道："皇上为何要召见我这一介方士呢……"

第二天，徐福来到了临淄城中心的县衙门口。这里表面看来人来人往，与往日没有多大不同，但因秦始皇的到来明显有重兵把守，里里外外戒备森严。

秦始皇坐在县衙门的大堂中央，左边是李斯和赵高，右边是县令陈州。站在门口的官员高声向外喊道："宣方士徐福上堂！"徐福躬身走进大堂，伏地向坐在上面的秦始皇行大礼道："徐福拜见皇上。"秦始皇仔细端详了徐福一会儿说道："平身吧，知道朕为何要召见你吗？"

徐福伏地再拜，然后站起来拱手答道："受皇上召见徐福三生有幸，但的确不知是为何事。"秦始皇单刀直入地问徐福："你可认识张吉？"徐福诚惶诚恐拱手答道："回皇上，在下认识，张吉与徐福既是同乡，也是同窗。"

秦始皇脸上露出了满意的笑容，点头说道："那就对了，张吉现在宫中任博士一职，曾向朕推荐，说你精通神仙之道，可有此事？"徐福抬头偷偷地望了一下坐在上面的秦始皇，拱手答道："回皇上，在下不敢说精通，只是自幼对神仙之道稍有专修。"

秦始皇看了看下面一身方士打扮的徐福，说道："博士张吉向朕力荐你精通神仙之道，昨日朕登琅邪，观东海，苍茫浩渺，其中可有神山仙人？"徐福拱手答道："回皇上，东海自古时有神山显现，齐地百姓家喻户晓。相传其名曰蓬莱、方丈、瀛洲，齐威王、燕昭王等都曾派人入海寻求过。"

秦始皇一听很感兴趣地睁大了眼睛，带着奇异和渴望的目光问道："入海寻仙？可否找到？"徐福拱手答道："回皇上，是否找到徐福不敢断言，但方士书中对此确实多有描述。"

秦始皇将了将胡须，眯起眼睛看着徐福说："还有描述？这么说是有人真的到过神山了？书中描述的神山是个什么样呢？"徐福拱手答道："自古相传神山在渤海之上，上有金银宫殿，仙人居住其中，万物皆为白色。"

秦始皇见徐福对答如流，不由得点了点头，显出对徐福所言颇为相信的神情，接着又问："噢？如此圣洁之地，必有长生不老之药了？"徐福听秦始皇问起这事，心里恍然领悟到了秦始皇召见自己的缘故。他想寻仙采药是方士世代所求之事，莫非当今皇上对此也感兴趣？

徐福故作若有所思的样子想了一会儿，然后满脸认真地拱手答道："回皇上，我等方士多次出海寻找神山，目的就是要找到仙人得到仙药。但正如皇上所言，苍茫大海浩瀚无边，神山忽隐忽现，远望像云团，近看在海底，再靠近时还会被飓风吹离而去。"

秦始皇听了徐福对神山的描述后，深深为其神秘所吸引，他带着半信半疑的口气问道："朕听你如此说，似乎海上确有神山。朕要你陪朕一同出海看个究竟，如何？"徐福听说秦始皇要让自己带他出海看看是否有神山，顿感惊恐万状。因为他心里明白，神山忽隐忽现，并非出海就能见到，但若是就地回绝皇上，又恐获欺君之罪，只好硬着头皮答应了下来。

清晨，阳光洒在苍茫的大海上，碧波荡漾，万里无云。几艘大小船只航行在海里，周围泛起了白色浪花。

几个人扶着栏杆站在船板上迎风远望，中间是秦始皇，左侧是李斯和赵高，右侧是徐福，徐福旁边是县令陈州。秦始皇侧身问旁边的徐福："你说海上有神山，已出海多时，为何还不见踪影？"

徐福忙拱手答道："回皇上，大海碧波万顷，漫无边际，神山又游移不定，并非出海就能看到。"秦始皇疑惑地歪了一下头，似乎对徐福的回答很不满意，便又接着追问道："不能随意看到？到底有还是没有？所谓的神山该不是你们这些方士虚张杜撰的吧？"

徐福一听，吓得立即伏在船板上拜道："回皇上，小人徐福不敢有半点儿欺君之意。海上确有神山时隐时现，有时不出海在岸上也能看到。琅邪一带的百姓都称之为海市蜃楼，而且亲眼目睹过的也不在少数。"

秦始皇见徐福说得甚是恳切，便转身向县令陈州确认道："徐福所言确有其事吗？"陈州拱手答道："回皇上，本地自古以来确有海市蜃楼之说，它不时出现在海上，看上去如市井景象，甚至民居楼宇都清晰可辨。"

秦始皇听后没再继续追问下去，开始对徐福和县令陈州所言深信不疑。他转身眺望大海,浮想联翩。过了好一会儿,秦始皇突然回头目光炯炯地问徐福:"那么怎样才能登上神山,找到仙人,讨回长生不老之药呢?"徐福拱手答道:"回皇上,神山忽隐忽现,常人可见不可及。徐福多年入海寻仙,尚未亲自上过神山。"

秦始皇露出一丝莫名惆怅的神情,叨叨咕咕地说道:"闻名遐迩的方士,居然连神山都未曾上过?那怎么会知道山上住有仙人?"徐福拱手向秦始皇奏道:"回皇上,神山居住仙人之说古来有之,神仙之道有云,要想找到仙人须先登上神山,要想见到仙人必须具备条件,最后才能得到仙药。"

秦始皇问:"条件?需要什么条件?"徐福拱手答道:"回皇上,神仙之道自古相传,寻找神山需带上三千童男童女和百工巧匠,这样才有可能找到。"秦始皇一听要带那么多人去才能找到神山,感到非常疑惑不解,带着惊讶的神色问徐福:"为何如此才能找到神山?"

徐福答道:"带三千童男童女是为了驱疫逐鬼,带百名能工巧匠是为了给仙人做事。"秦始皇低头沉思片刻,然后抬头问徐福:"这么说,童男童女是用来做祭祀的牺牲,百工巧匠是为了给仙人出劳力,他们上了神山都将一去不复返了?"徐福朝着秦始皇拱手答道:"回皇上,正是这样。齐地历代方士之所以屡屡出海都未能找到神山,都是因为无法具备找到神山的条件,所以也没能找到仙人,讨回长生不老之药。"

秦始皇听后不假思索地对徐福说道:"寻仙找药乃国之大事,朕封你为琅邪御使,立即召集三千童男童女与百工巧匠前往神山,一定要尽快找到长生不老之药。"徐福虽深知寻仙找药绝非易事,但皇命难违,只好唯唯诺诺地满口答应下来。

临淄城内十字路口,很多人正围在一处观看墙上的告示。认识字的人边看边读出了上面的内容："皇上有旨，特封徐福为琅邪御史，出海寻仙找药。此系大秦国运之大事，现招三千童男童女与百名能工巧匠，随之出海寻找神山。"

一人对旁边的人低声说："出海寻仙自古有之，向来是方士们为了自己长生不老而为。可这次皇帝却亲下圣旨，还说与国运相关，颇为怪异啊？"旁边的人赶紧用手捂住了对方的嘴，并把他拉出人群说："这不明摆着的嘛，所谓的国运长久就是皇上自己想长生不老。唉，这下谁摊上谁倒霉啦。"

秦始皇召集童男童女的告示一出，临淄城内顿时沸沸扬扬。大街小巷人头攒动，鸡飞狗跳，一片混乱。一群兵士正在挨家挨户搜查，让人们把小孩儿交出来充当随徐福出海的童男童女。整个城中哭声连天，乱成一团。几个兵士狠狠地从一妇女手中扯拽着小孩儿，连哭带喊的孩子拼命要挣脱兵士之手回到妈妈的怀抱。一名将领在旁厉声叫道："快放手！谁敢抗旨，全家死罪！"

县衙门口的空地上，兵士围着一群被抓来的男孩女孩。周围是此起彼伏的哭喊声："还给我孩子！""我的孩子啊！"站在门口的县令陈州对大家说道："皇上有旨，寻仙采药是为了国运长久，吾等臣民责无旁贷，理应尽职尽责！"陈州话音未落，只听周围的民众又喊声四起："我家孩子还小啊！""没了孩子，让我们怎么活啊?!"

秦始皇看派徐福出海寻仙找药一事已经基本安排妥当，于是带人返回了咸阳。徐福等人遵从皇命在琅邪台脚下的海边开始营造出海船只。众多工匠昼夜兼程，紧锣密鼓地打造大船。数月之后，一艘艘已经成型的大船沿海岸一字排开。

徐福来到海边，查看造船的情况。工匠们都在拼命干活，只见工头儿边来回走边喊着："快点儿干！抓紧点儿！"徐福看着那些已经成形的船只对旁边的官员说："此次出海寻仙，少则数月，多则经年，且随行人员众多，一定要把大船打造得坚实些。"

官员拱手答道："请徐大人放心，在下已调集数千名能工巧匠，昼夜兼程打造大船。照这个进度，估计再有些日子就可为御史大人保驾出航。"徐福听后满意地点了点头，接着又问道："一共造多少艘大船？"官员拱手答道："在下计算过，共五十艘大船，每艘可乘八十人，载四千人不成问题。"

骊山陵寝

朝阳灿烂，咸阳宫与其他宫殿交相辉映，错落有致，格外醒目。

咸阳宫内，博士张吉拱手向坐在王座上的秦始皇拜道："此次皇上东巡，一路辛苦。"秦始皇向张吉挥了挥手说道："东土虽然路途遥远，但朕在齐地不仅亲眼目睹了汪洋大海，而且还召见了爱卿推荐的方士徐福。"

张吉听秦始皇说召见了徐福，心中微微一震，忐忑不安地问道："不知同乡徐福是否有助于皇上东巡？"秦始皇一手捋着胡须满意地笑了起来："果然是耳闻为虚，眼见为实。方士徐福对神仙之道十分精通，朕已封他为琅邪御史，带领三千童男童女和百名能工巧匠，择日出海为朕寻仙找药了。"

博士张吉听秦始皇如此说，这才把一直吊着的心放了下来，马上拱手迎合道："皇上洪福齐天，阳补阴修，加之寻仙找药，必可长生不老，保我大秦国运久安。"秦始皇一边点头对张吉所说表示赞同，一边关切地问道："爱卿日前所言阴修一事进展得如何了？"

张吉见秦始皇问及为其修建陵寝一事，赶紧从身边拿起一卷地图，双手举起对秦始皇说道："回皇上，微臣已经策划完毕，正要禀报皇上。"秦始皇一听立刻显示出极大兴趣，转身对站在旁边的赵高说道："拿上来，让朕看看。"赵高取来地图递到了秦始皇手上："请皇上御览。"

秦始皇打开地图，只见上面不仅有高山大川，而且还画有很多宫殿楼宇和列队兵士。秦始皇抬头问张吉："这就是你说的陵寝吗？"张吉拱手答道："回皇上，此为避邪驱灾的寿陵，地点与构造均按阴修标准确定。"

秦始皇边看地图边对张吉说："哦？何谓阴修标准，给朕说说看。"张吉上前一步拱手答道："修建寿陵选址最为关键，微臣将之定在了骊山。"秦始皇看着地图，手从咸阳城指向画有高山之处的骊山："为何定在了骊山？"

张吉拱手向坐在上面的秦始皇答道："回皇上，骊山在咸阳之东，水土丰满，景色秀丽，紫气东来，龙凤呈祥。"秦始皇边听边仔细观看着骊山周围的情况，并用手在咸阳和骊山之间来回指点确认张吉所说的道理。

过了一会儿秦始皇又问张吉："这宫殿、山水、兵马又是怎么回事？"张吉拱手答道："回皇上，寿陵虽为陵寝，但其规格布局必须与现在的都邑宫殿相当。选址不仅要山川秀丽，更要有高台楼阁，因是阴修重地，自然还要有重兵把守。"

秦始皇听了张吉的解释显出十分满意的样子，只听张吉又接着说道："此图仅为陵寝外观，其内部构造还未完全展示。"秦始皇马上问道："按爱卿所想，陵寝的内部又是个什么样呢？"

张吉拱手答道："回皇上，陵寝的中心是寿陵，其设在骊山腹内的地下。寿陵虽在地下，但也要修建得与地上景观相同。"秦始皇有些不解其意地问道："你的意思是说，把地下也建成跟地上一样吗？"张吉拱手答道："回皇上，微臣正是如此设计的。为了昭示皇威，不仅要把寿陵建得宫殿一般，而且还要用水银营造与自然相同的大小河川，然后再塑造无数陶俑作为千军万马。"

秦始皇听了张吉的解释，虽然觉得陵寝地上地下如此大兴土木有些不妥，但如张吉所说这样的格局是为了符合阴修的标准，于是边想边点头含含糊糊地同意了张吉的提议。

博浪沙遇刺

　　一日，咸阳宫内，秦始皇与众臣正在商议国事。坐在王座之上的秦始皇向下面列队站立的群臣们说道："大秦统一天下已两年有余，朕要拜天祭地，感谢神祇的保佑。"丞相王绾上前拱手奏道："感谢天地莫过于封禅，昔日三皇五帝皆曾以此形式祭祀天地。"

　　秦始皇其实心里也琢磨过封禅一事，但历史上封禅多为明君伟人所谓，自觉不好直接告与群臣。尽管现在丞相王绾把它提了出来，秦始皇还是故作谦逊地说："朕虽借先王贤德统一了天下，但怎能与明君贤人的三皇五帝相提并论。"

　　廷尉李斯上前拱手奏道："皇上功业盖世，日月同辉，封禅拜谢天地当之无愧。"秦始皇听后什么也没说，只是用眼睛扫了扫站在下面的其他人。只见下面众臣个个也都拱着手，半张着嘴，一副要让自己封禅的样子。

　　秦始皇于是不再推辞，似乎有些明知故问地对丞相王绾说："三皇五帝皆为世间贤君，朕虽不能与之比肩，但感天谢地之心相同。朕听说古之圣贤封禅之地多在泰山，是这样吗？"丞相王绾赶紧上前拱手奏道："回皇上，泰山为五岳之首，天下第一，古代帝王的确多在那里封禅。"秦始皇听后将手向外一挥，目视前方说道："好！朕要再巡东土，同时到泰山封禅祭祀天地。"

秦始皇东巡首先要经过以前的韩国，韩国在被灭掉之前是与秦国毗邻的一个小国。夜晚，在韩国旧地阳武县城内，一间民居灯光闪烁，透过窗棂可见到里面有人影晃动。屋里有四五个人正围坐在一张桌子旁商量事情，面向前方的是韩国人张良，只见他挥动拳头对大家说："报仇雪恨的时候到了，据说秦王嬴政已启程再次东巡，马上就会经过此地。"

坐在一旁的人应声说道："天赐良机，机不可失，时不再来。这次我们就在韩国境内劫杀秦王，拿他的首级祭奠先人。"坐在张良旁边的另一人也插嘴说道："劫杀秦王可谓替天行道，但秦始皇东巡队伍声势浩大，想要劫杀并非易事。此地虽然归秦，但毕竟是韩国旧地，秦王路过时一定会戒备森严。"

张良听后半晌不语，想了一会儿之后转身向旁边一位儒者模样的人询问道："仓海先生，你觉得该如何是好？"被称为仓海先生的人先是眨了几下眼睛，然后摸着自己的胡须说道："秦王嬴政生性多疑，每每出行必有重兵守护，恐唯有天人合一，方能完成劫杀大业。"

张良向前探身急切问道："何谓天人合一？"仓海先生说："天就是天机，近来关中一带民间多有皇帝将薨于地名为沙或丘之处的传言。人即是指人力，须募集一力大过人的壮士，在秦王车队经过时，手持利器冲破卫队一举将秦王击毙。"

张良沉思片刻，然后以商量的口气对大家说："据说此次秦王东巡是为了去泰山封禅，沿途必经阳武县的博浪沙。其地名中有个

34

"沙"字正合天意，我看可在那里埋伏，伺机击杀秦王，诸位意下如何？"

劫杀秦王是每个人的愿望，既然德高望重的张良提出此策，大家没有拒绝的理由。在座的每个人都立即表态，马上募集壮士，组织力量，决意在博浪沙击杀秦王。

阳武县城内的张良家中，一名体格魁梧、满面胡须的壮士正在听张良说话。张良将摆在桌上的金钱宝物一并推向壮士："这些是我张良的全部家资，一点心意，望壮士笑纳。"壮士一脸正气地对张良说："大哥，击杀秦王，复兴韩国，匹夫有责。先生既然如此看重兄弟，小弟自当赴汤蹈火，万死不辞。"

张良以拳击掌豪爽地说道："好！壮士赤胆忠心天地可鉴，只是秦王狡诈多疑，必以重兵随行，还望贤弟多加小心。"壮士没再多说什么，只见他"哗啦"一声从身旁拉起一个带有链条的大铁锥，满怀信心地对张良说："大哥放心，此乃所向披靡攻无不破之物，到时候伺机击打秦王车辇，定能取其性命！"

时至六月，天气开始变得炎热。红日当天，暑气扑面，秦始皇车队行进在前往东土的路上。车轮翻滚，尘土飞扬，队伍走出了后方的一座小城，城楼上隐约可见"阳武"二字。

秦始皇车队出了阳武城后，在一条密林小路中向东行进，长长的队伍中可见数辆圆顶的车辇。赵高跟在秦始皇座驾后面，一边小步快走，一边催促和叮嘱随行的兵士们："到博浪沙了，林深路窄，抓紧前行！"埋伏在丛林深处的张良和壮士紧紧盯着越来越近的秦始皇车队，张良用手捂着嘴低声对壮士说："来了！伺机行事，千万小心。"

车队走到了埋伏中的两人附近，壮士对张良说："先生，你看，

35

带圆顶的车辇不止一辆。"张良满脸紧张地观察着车队，边看边对壮士说："这肯定是秦王耍的花招，用形状相同的车辇来迷惑他人。"壮士又对张良说："先生，你看！车辇虽然形状相似，但大小却略有不同，那台最大的估计就是秦王的御辇！"

张良觉得壮士说得有道理，顺着壮士所指方向对车队再次进行了仔细观察。路上的几辆圆顶车辇虽然摇摇晃晃，但可看出其中有一辆是最大的。张良点头对壮士说："壮士言之有理，那台最大的圆顶车辇一定就是秦王。"

车队已经来到了埋伏着的张良和壮士眼前。说时迟，那时快，只见壮士"呼"的一下飞身跃起，将手中铁锥重重砸向队列中最大的车辇，并且口中高喊着："暴君嬴政，死期已到！"

被铁锥击中的车辇顿时开花，碎片四处飞散，周围兵士被这突如其来的举动吓得目瞪口呆。赵高见状惊呼："有伏贼，乱箭射死！"壮士又将铁锥击向围上来正要射箭的兵士，顿时数人倒地，鲜血四溅。这时后面的兵士一起向壮士射箭，几根羽箭深深穿入了壮士的背部。

隐藏在林中观看的张良见状慌忙逃进密林深处。秦始皇从车辇的窗户中探出头来，惊慌失色地问赵高："怎么回事？"赵高伏地答道："回皇上，路遇贼人拦杀，已被乱箭射死。"秦始皇回头看了一眼被铁锥击得粉碎的车辇，带着十分后怕的语气说："多亏将朕的座驾改为副车，否则吾命休矣！"

赵高赶紧伏地不断叩首说道："小人万死，未能严加防范。皇上英明，洪福齐天。"秦始皇用惊魂未定的眼神环视了一下四周，感到此地有些寒气逼人，于是声色俱厉地对赵高说道："行刺者必有同伙，立即搜捕，定要捉拿归案！"

泰山封禅

秦始皇车队继续前行，经过长途跋涉来到了一座城下，城门上写着"邹城"二字。

邹城县令宋彻在城门外迎接秦始皇，车队的两侧挤满了夹道欢迎和看热闹的百姓。宋彻见秦始皇从车辇上下来，连忙带着文武百官伏地拜道："皇帝驾到，有失远迎，罪该万死。"秦始皇走到宋彻跟前，把手往上挥了挥说道："都起来吧。"

县令宋彻在衙门内设宴为秦始皇一行接风洗尘，堂上有美女载歌载舞，两旁坐满了大小官员，美酒佳肴，推杯换盏。坐在中央的秦始皇对旁边的县令宋彻说："朕带众臣和博士来到此处，是为了登泰山封禅祭拜天地。"

宋彻一听这才明白秦始皇为何千里迢迢来到邹城，忙满脸堆笑地给秦始皇斟酒，并拿出一副谄媚的样子说道："陛下功盖四海，伟业与日同辉，泰山封禅，理当如此，理当如此。"

秦始皇听了宋彻的话，显得有些飘飘然，面带微笑捋着胡须对他说道："邹城自古人杰地灵，又是圣贤孟子故里，附近还有五岳之首的泰山，朕要到那里去封禅以感谢天地。"

县令宋彻探身向秦始皇低声说道："自炎帝以来已有七十二王来泰山封禅，各怀其志，而且做法不一。微臣有一挚友颇谙封禅之道，不知可否向陛下引荐？"秦始皇听了眼睛一亮，有些喜出望外地对宋彻说道："好啊！朕虽有众博士跟随，但封禅之道已旷世久远，若有明人指点有何不可？"

第二天，秦始皇之行在县令宋彻的陪同下来到了泰山脚下，被赞为五岳之首的泰山，远远望去高峰耸立，云烟氤氲。人们开始准备登山封禅祭祀，各军帐就地扎营，一字排开。在秦始皇帐内，一位老者跪地向秦始皇拜道："在下郭威叩见皇上。"

县令宋彻在旁向秦始皇介绍说："陛下，此人就是微臣向皇上举荐的道士郭威。"坐在帷帐中间的秦始皇听了宋彻的介绍后，抬手示意说道："先生请起，朕要就封禅祭祀一事向你请教。"

郭威站起来拱手奏道："在下不敢，皇上登泰山封禅一事已得县令大人示教，鄙人虽才疏学浅，但愿尽犬马之劳为陛下排忧解难。"秦始皇听后一边点头一边对郭威说："不瞒先生说，朕此次封禅一是要祭拜天地，二是要向神祇祈祷。"

郭威向秦始皇拱手问道："皇上恕在下多言，古来封禅多是祭祀天地，不知陛下有何事要向神祇祈祷？"秦始皇对站在下面做出俯首聆听样子的郭威说道："朕封天禅地是要称颂天地助我大秦一统天下的功德，向神祇祈祷是为了保我大秦万世流传，国泰民安。"

郭威其实早就听说秦始皇近来耽于神仙之道，一心索求长生不老之药，心里也明白秦始皇此次封禅定与此事有关。但在秦始皇没有明确说出此意的情况下，又不好冒昧行事，于是故弄玄虚地对秦始皇说道："古来举行大典虽都是按惯例行事，但若祈祷天地保佑平安还需在密室封禅。"

秦始皇听郭威如此说，颇感兴趣地问道："泰山封禅还有密室？"郭威拱手答道："回皇上，大典隆盛是为了昭示世人，而密室封禅则可通天地，是封禅祭祀和祈祷神祇的最佳之处。"秦始皇听后略有领悟地点了点头，接着又问道："先生可知封禅密室在泰山何处？"郭威拱手答道："回皇上，封禅密室在泰山之巅的东南方向。但那里神圣空灵，不可众人踏入，需陛下单独进入封禅祈祷方能灵验。"

第二天清晨，秦始皇一行在道士郭威的带领下来到了泰山的半山腰。秦始皇转身对随行众臣和博士们说："封禅祭祀乃国之天机，朕要身体力行，亲躬此事。"众臣拱手答道"领旨"，然后目送秦始皇带着几名贴身卫士跟郭威一同向山顶走去。

秦始皇之行来到了泰山之巅，只见眼前红日当空，苍松伫立，四周云海翻滚，宛如仙境。在山顶深处，有一个小屋掩盖在浓郁的树丛里，充满了神秘的色彩。在前面带路的郭威恭维地用手指着小屋向秦始皇介绍说："陛下，此处即是历代圣贤秘密封禅之处。"

秦始皇顺着郭威的手指方向缓步来到小屋入口处，从其背影中可见小屋深处如同一个细长的隧道，最前方有一缕光线射了进来。郭威趋步跟在秦始皇后面，并拱手说道："此处古来称为'通天洞'，深藏不为人知，只有奉天承运的帝王贤者方可入内祭天祈祷。"

秦始皇听了郭威的话后，先是在小屋入口拱手行了三拜之礼，然后缓步向其深处走去。小屋的隧道两侧闪烁着微弱的烛光，随着秦始皇进入隧道的深处，前面的光亮越来越大。秦始皇最后来到隧道尽头，举目远眺，霞光万道呈现在眼前，远处是半悬在云海之中喷薄欲出的一轮红日。

秦始皇心中一震，浑身似乎被一种无形的力量所打动，对郭威所说祭天和祈祷之理的深奥似乎亦有领悟。秦始皇怀着恭敬的心情站立在那里，整理了一下衣冠，拱起双手，向天长啸道："谢天地助我大秦一统，祈圣灵保我功传万代！"

密室封禅之后，为了宣示世人又在泰山脚下举行了封禅大典。事毕之后秦始皇回到了山脚下的帷帐，郭威拱手对秦始皇说道："陛下亲躬泰山密室封禅，定能感天地，泣鬼神，激励万民，永葆江山。"秦始皇也带着一种满足感对郭威说道："朕有先生指点不虚此行，不仅山顶秘密封禅，而且还完成了祭祀天地的大典，全仗先生鼎力相助，朕方夙愿得尝，先生辛苦！"

郭威忙拱手行礼拜道："谢皇上夸奖，在下微薄之力，不足挂齿。"秦始皇又对郭威说："朕上次巡游临淄时，曾与方士徐福相会，他说海上有神山仙人，先生以为如何？"郭威拱手答道："海上有神山和仙人之说在东海一带流传甚广，郭威亦有一挚友毕生在寻仙找药。"

秦始皇听后颇感兴趣地问道："先生挚友也在此地吗？"郭威拱手答道："回皇上，此人名叫卢生，不在此地，是渤海碣石一带的有名方士。"秦始皇略加思索了一下，想起博士张吉曾经提到过卢生一事。现在看郭威对其也十分赏识，觉得张吉所说并非无稽之谈，不如再让郭威引荐一下。秦始皇于是问道："碣石？是那个燕国故地的碣石吧？"郭威答道："正是，那里与此地隔海相望，通神仙之道者甚多。"秦始皇说："朕接下来正要巡视渤海，还请先生引荐，朕要见见这个卢生。"

泰山封禅之后，秦始皇车队离开邹城一直北上，一路颠簸来到了渤海之滨的碣石。秦始皇车队沿着海岸行走，左侧是逶迤起伏的群山，右侧是一望无际的大海。车队在海边停了下来，秦始皇掀开窗帘向大海张望，对身边的赵高说："这就是郭威先生说的渤海吧？"赵高忙上前拱手答道："回皇上，出行已有数月，终于到达了燕国旧地，这里就是古称'少海'的渤海。"

秦始皇车队沿着海岸线继续东行，来到了位于渤海之滨的昌黎县城，沿路和城前早有百姓与众官员夹道迎接。昌黎县衙门大堂之上，县令周辅向秦始皇俯身拱手拜道："皇上大驾光临，微臣与昌黎百姓甚为荣幸。"

坐在中间的秦始皇心里只想着郭威向他推荐的那个叫卢生的人，对周辅的客套话根本没听进去，而是单刀直入地向周辅问道："朕发文书让你找的那个卢生来了吗？"周辅赶忙拱手答道："回皇上，卢生已在下面恭候陛下。"说完转过身去向下吩咐道："传卢生上堂叩见皇上。"

大门敞开，一个穿着道士服装的人躬身趋步走了进来，伏地向秦始皇拜道："小人卢生叩见皇帝。"秦始皇朝着跪在地上的卢生问道："你认识张吉和郭威吗？"卢生拱手答道："回皇上，两人都是小人志同道合的挚友。"

秦始皇一听确信张吉和郭威所言无虚，便又接着问道："他们两人向朕举荐，说你精于寻仙采药之道，可有此事？"卢生叩首答道："小人才疏学浅，承蒙皇上召见三生有幸，愿尽犬马之劳为皇上排忧解难。"

秦始皇点头说道："寻仙采药事关大秦国运，朕欲长寿也是为了有更多的时间治理国政。"

卢生再次叩首拜道："古人云，士为知己者死。皇上将如此大任托于小人，小人就是赴汤蹈火也在所不辞，明日即出海为陛下寻仙采药。"

秦始皇高兴地笑着说道："好啊，那朕就等先生的好消息了！"秦始皇转身又对县令周辅说道："朕明日还要在碣石刻石立碑，昭示我大秦一统天下之威。"周辅连声应道："微臣领旨。"

昌黎县城内，民居错落有致，街上车水马龙，人来人往，熙熙攘攘。

卢生回到家中和心腹好友一起喝酒。卢生一边给旁边两人把酒斟满一边说道："没想到秦始皇此次前来，是要让我为他下海寻找长生不老之药。"

坐在旁边的韩终、高誓边听边在琢磨如何对付秦始皇。沉默了一会儿，韩终先是"呼"地站起来说道："这不是天赐良机吗？"高誓随机也放下酒杯说对卢生说："是啊，大哥！当年燕国本欲联秦抗赵，不承想秦在灭赵之后却危及燕国。"韩终也颇为感慨地说道"秦国乃虎狼之地，太子丹深知秦王豺狼本性，所以才派荆轲刺之。"

卢生激动地站了起来，摩拳擦掌地对两人说："家仇国恨岂可不报，但秦王已是天下的皇帝，吾等要借此机会相机行事。"韩终点头表示赞同卢生的意见，握着拳头说："大哥，若能替先王报亡国之仇，小弟万死不辞。"高誓也对卢生说："大哥，这事你看怎么办？我们听你的。"

卢生沉思片刻，对两人说道："目前先借秦始皇钱财，佯装为其寻仙找药。然后召集仁人志士，逐渐壮大势力，最后再用计谋乱其阵脚。"

第二天，秦始皇来到碣石山上。碣石山矗立在渤海之滨，峰峦叠嶂，连绵起伏。秦始皇在县令周辅的引导下来到了碣石山顶，周辅指着一块已经竖好的石碑对秦始皇说道："禀皇上，微臣已尊圣旨将石碑刻好，请皇上过目。"

秦始皇走到碑文前，看到上面刻着李斯撰写的碑文："秦王勤政，志在天涯。遂兴师旅，诛戮无道。为逆灭息，惠论功劳。赏及牛马，恩肥土域。皇帝奋威，恩泽万民。德并诸侯，初一泰平。群臣诵烈，请刻此石。万世之表，垂著仪矩。"

秦始皇看过碑文之后，整理了一下衣帽，退步三尺，率百官群臣向石碑行了膜拜之礼。

碣石立碑之典结束后，秦始皇又回到了昌黎县衙门。大堂之上，秦始皇威严地坐在中央，两旁站着赵高和县令周辅等人。秦始皇对跪拜在地的卢生问道："朕不日即将返回咸阳，你为朕出海寻仙找药之事怎么样了？"

卢生装作十分惶恐的样子叩首向秦始皇拜道："回皇上，小人不敢怠慢，这些天连日入海寻仙找药，但尚无所获。"秦始皇一听，脸上现出不悦的样子对卢生说道："你们这些方士被世人传得神乎其神，怎么一到关键时刻就不灵了？"

卢生一看触怒了龙颜，吓得连忙叩首答道："回皇上，小人虽不才，但的确是尽力而为了。只不过寻仙找药需要时日，并非一蹴而就之事。"秦始皇听了虽然理解但心中依然不悦："好吧，短时间不行，那得需要多长时间？朕能永远等着你吗？"

卢生抬起头来窥伺了一下秦始皇的脸色，然后拱手答道："以小人多年钻研神仙之道的经验，保证三年之内将仙药献与皇上。"秦始皇转身对站在一旁的赵高说道："记下来，三年后若见不到仙药，以大秦法律论处。"赵高拱手答道："领旨。"

真人之道

秦始皇结束东巡回到了咸阳，坐在咸阳宫内接受文武百官朝拜。秦始皇踌躇满志地对群臣说道："朕此行泰山封禅，碣石立碑，祭典神祇，必能得到天地保佑。"丞相王绾拱手奏道："陛下不辞辛苦，亲躬东土，巡视天下，大典告成，乃我大秦之幸事也。"廷尉李斯也上前拱手拜道："天地明鉴，可保我大秦与日月同辉。"

秦始皇听后显得十分满意，威严地坐在宝座上，看着站在下面的张吉说道："张博士，此次出行也有爱卿为朕引荐徐福的功劳。"张吉听秦始皇如此说，连忙惶恐不安地拱手回道："微臣不敢，徐福若能助陛下一臂之力，则是江山社稷之洪福。"

秦始皇带着几分得意的神情笑了一笑，环视了一下群臣，颇有感慨地说道："朕始观大海，苍茫浩渺，恍如秘境，令人遐想。后又亲临东海与渤海，得闻徐福和卢生所讲的神仙之道。当地官民皆称海中确有神山，朕深信无疑，已封徐福为琅邪御史率领船队寻仙，派卢生出海为朕找药。"众臣一起拱手拜道："祝皇上长生不老，万寿无疆。"

秦始皇接着又问张吉："张博士，骊山陵寝修得如何了？"张吉拱手答道："回皇上，陛下东巡之前就已开工，目前正在昼夜兼程，全面修建。"秦始皇点头对张吉的安排表示赞许，并且说道："明日随朕去骊山转转，看看陵寝修得怎么样了。"张吉俯首答道："领旨。"

骊山地处咸阳之东，层峦叠嶂，郁郁苍苍，景色如画。修建陵寝的工地上一片繁忙景象，挖土的、打石的、盖房的、运木材的……各忙各的，人头攒动，川流不息。在张吉的带领下，秦始皇跟赵高等人来到了骊山查看陵寝修建情况。地下的神道和宫殿正在修建，有的已经初具规模。

秦始皇一行来到了一处烧制陶俑的地方，出现在他们面前的是立在那里一排排纹丝不动的兵士。秦始皇走到一尊兵士的塑像前，拍着兵士的肩膀说："威武雄壮，很有气派。"张吉赶紧上前解释说："军队乃江山之卫士，准备按皇上现在卫士的人数各塑一尊，然后放在陵寝内担任守护。"

秦始皇一听，带着几分惊讶口气问道："按朕的卫士人数各塑一尊？那可是一支庞大的队伍啊。"张吉赶紧接着说："不仅要按人数塑造，而且还要将武器车马原样做出，形成一支气势勇猛、浩浩荡荡的军队。"秦始皇听后抬头朝前望去，只见已经做好的兵士陶俑排成数列，一望无边。秦始皇对陵寝上上下下进行了视察，最后颇感满意地回到了宫中。

红日高升，霞光万丈，朝阳中的咸阳城炊烟袅袅，人来车往。位于咸阳城正中央的咸阳宫雄伟壮观，格外醒目。秦始皇寝宫里，赵高向正在批阅奏折的秦始皇报告："陛下，昌黎县的卢生求见。"

秦始皇把头抬起来问道："卢生？是那个为朕入海寻仙找药的卢

45

生吗?"赵高拱手答道:"回皇上,正是那个卢生。"秦始皇把头歪了歪,有些不解地说道:"碣石到此千里迢迢,他怎么上这儿来了,宣他进来。"赵高转身向门口呼道:"传卢生叩见皇上。"

卢生趋步走进秦始皇的寝宫,伏地叩首拜道:"小人卢生叩见皇帝。"秦始皇放下手中奏折,问道:"卢生,千里迢迢,是不是给朕送仙药来了?"卢生双手举着几束竹简对秦始皇说:"回皇上,仙药尚在寻找之中,只是发现一本蹊跷之书,小人特来献与皇上。"

秦始皇迷惑不解地问道:"蹊跷之书?为什么这么说?"卢生拱手答道:"回皇上,这本是一本符命占卜之书,上面却写着一些蹊跷的文字。"秦始皇睁大眼睛问道:"占卜之书上有蹊跷文字,写的是什么?"卢生立即伏地叩首拜道:"小人不敢说出,请皇上亲自过目。"秦始皇对站在一旁的赵高说:"拿上来,让朕看看。"

赵高把卢生送来的占卜书送到了秦始皇跟前,并在里面找到了卢生说有蹊跷的那部分文字。秦始皇俯身看了过去,看着看着脸上现出了几分愠色。只见竹简上面写着:"亡秦者胡也。"秦始皇朝着跪在下面的卢生厉声问道:"'亡秦'?!居然有人敢亡我大秦?这个'胡'是何许人也?"

卢生伏地拜道:"大秦江山,万古长存。该书出此狂言,小人觉得蹊跷才千里迢迢献与皇上,但这个'胡'字所指何人小人实在不知。"秦始皇的眼睛死死盯在了"胡"字上,并绞尽脑汁加以思索,最后仍百思不得其解。

卢生在下接着叩首拜道:"小人还有一事要奏与皇上。"被卢生话语打断沉思的秦始皇抬起头来问道:"嗯?还有什么事?"卢生拱手答道:"小人奉皇上圣旨入海寻仙找药一直未得其果,后遇一贤者点拨,方知其中暗藏玄机。"

秦始皇越听越糊涂,瞪着眼睛问卢生:"贤者?玄机?难道寻仙找药还有什么说道?"卢生拱手答道:"回皇上,贤者教示小人,皇上非同常人,要想为陛下找到仙药,首先皇上要做真人。"秦始皇一听愈加不解地问道:"何谓真人?"

卢生拱手答道:"回皇上,真人者,入水不濡,入火不沾,有凌云之气,与天地共存。"秦始皇眼睛一亮,颇感兴趣地问:"那如何才能成为真人呢?"卢生上前一步拱手答道:"回皇上,要想达到真人境界,平素必须隐身微行,方可避邪驱鬼,无害神灵。陛下若能达到起居出行皆不为人知的真人之境,小人入海寻仙找药也会事半功倍。"

秦始皇听了卢生的话后若有所悟地点了点头,然后像下决心似的说道:"先生所言真人之境令朕羡慕,寡人要身体力行,从今以后自称'真人',不叫朕了。"

第二天上朝,秦始皇坐在咸阳宫内的龙椅上,旁边站着赵高,下面站着丞相王绾和廷尉李斯等百官。秦始皇拿着卢生送来的占卜书对王绾和李斯说:"燕国人卢生前来见朕,说此书上写着'亡秦者胡也',你们觉得这个'胡'该是指的何人?"

丞相王绾拱手答道:"回皇上,我大秦刚刚统一天下,如日中天,亡秦之说不可信也。"李斯在一旁也拱手奏道:"丞相所言极是,但若从周边局势和居安思危的角度来看,这个'胡'字指的应是北方胡人。"

秦始皇听了李斯的话后,一边用手捋着胡须,一边自言自语地说道:"六国虽然归一,但天下并不太平……"说到这里,秦始皇突然向群臣问道:"天下虽然统一,但北方边陲却屡受胡人骚扰,朕要出兵讨伐,并筑长城以御之,你们以为如何?"

仆射周青拱手奏道："回皇上，北方胡人觊觎我中原已久，屡屡侵犯边境扰民，理应予以一击。"原是齐国人的博士淳于越上前拱手奏道："恕微臣直言，大秦刚刚统一六国，战事方平，本应休息民生，不可再次征战。"

秦始皇听了周青的话刚觉得有些称心，可对淳于越的一番话十分不悦，满脸不高兴地愤愤说道："朕决定打击胡人，正是为了大秦的长治久安。蒙恬大将军！"站在一侧的老将军蒙恬向前拱手答道："微臣在。"秦始皇两眼露着锋利的光，把手向前一挥说道："朕命你率三十万大军北征胡人，然后留守边疆修筑万里长城，以保我大秦永世太平！"老将军蒙恬拱手答道："微臣领旨。"

一切安排就绪，秦始皇满意地靠在了座椅背上，然后又慢慢说道："朕听说朝中对朕寻仙找药一事颇有异议，今天也请大家当着朕的面说说。"站在下面的群臣都面面相觑，皆沉默不语，唯有博士淳于越上前拱手奏道："皇上恕微臣直言，神仙之道乃东土无稽之谈，且与社稷民生无补，望陛下慎查。"

秦始皇一看又是这个淳于越出来唱反调，十分生气地说道："朕信奉神仙之道，派人寻仙找药并非只为自身健康长寿，而是祈求能有更多的时间治理国政，能说是于事无补吗？"淳于越听后身体微微震动了一下，但还是拱手奏道："微臣以为，为君者重在恪守旧法，为民表率，不可信方士无稽之谈。"

秦始皇一看淳于越竟敢在大庭广众之下反驳自己，气得怒目圆睁，厉声对淳于越说道："之前议论分封的时候，你就让朕效法古代，反对设置郡县。今又让朕恪守旧法，难道就不能创新了吗？"看到秦始皇大怒，淳于越退了下去。

秦始皇却怒气未消，气哼哼地说道："朕还要告诉你们，从今以后朕要做行不见踪迹的真人，不再用'朕'这个称号了。李斯！"李斯上前一步，拱手答道："微臣在。"秦始皇对李斯命令道："朕今后要隐身微行，以修真人之境。你负责为朕修建甬道，把咸阳宫与其他地方连接起来，不让人看到朕的行踪。"李斯拜道："微臣领旨。"

站在一旁的王绾向秦始皇奏道："微臣以为陛下忧国忧民，隐身修真人之境实为难能可贵。但陛下为万民之君，神仙之道可修于内心，在众人面前还是称朕为好。"秦始皇环视一下众臣，见大家都以期待的目光在看着自己，沉思少许后说道："好吧，那寡人就内心称真人，对外仍称朕吧。"

秦始皇为了不让人看到自己的行踪，命李斯安排很多苦役为自己修建从咸阳通往各处的甬道。甬道是用在道路两侧砌起高墙的方法修建的，工匠们先竖起木板然后用泥土抹平。甬道很快就好了，秦始皇带着群臣在修好的甬道中行走，略显昏暗的甬道里闪烁着烛光。

秦始皇等人走出甬道，来到建在山腰上的一个亭子前。秦始皇站在亭子里欣赏着四周的景色，下面路上行走着的一列车队引起了他的注意。透过秦始皇和赵高的背影，可见一队人马正在行进，规模颇为庞大。秦始皇用手指着远方的车队问身旁的赵高："赵高，那是何人的车队？"赵高拱手答道："回皇上，是左丞相李斯的车队。"秦始皇脸上露出不满和讥讽的微笑说道："李斯由廷尉升为左丞相后气派不小啊。"

咸阳宫内，秦始皇正和群臣议事。秦始皇坐在上面说："大秦初定天下，尚要励精图治，不可奢侈张扬。"众臣拱手答道："微臣领旨。"秦始皇接着又话里有话地说道："朕最近看见有人车队庞大，招摇过市，气派非同小可。"

站在下面的左丞相李斯赶紧上前向秦始皇拱手拜道："微臣对皇上指责已有耳闻，今后一定简约从事。"秦始皇一听李斯已经知道了自己说过他的话，先是显出几分惊讶，但马上又装作若无其事的样子说道："朕所言并无所指，只是提醒大家要从简治国。"

秦始皇回到寝宫后，半躺在榻上对站在旁边的赵高说："赵高，朕说李斯车队气派一事，是不是你告诉他了？"赵高慌忙跪拜在地叩首答道："小人不敢，小人跟随皇上多年，知道什么该说，什么不该说。"

秦始皇点头表示相信赵高说的话是真的，但接着又问道："朕日前在朝中宣布，修建甬道隐身微行，有暴露朕行踪者斩。但李斯为何知道朕说他车队气派呢？"赵高俯首答道："这个，这个小人实在不知，莫非是陛下随行者有人透露？"秦始皇愤愤地说："何人如此大胆，把那天随朕出行的人都叫来！"

不一会儿，那天随秦始皇出行的十几个人都被带到了秦始皇的面前，有男有女。

秦始皇厉声问道："说，是谁把朕说李斯车队气派的话告诉他的？"众人顿时一起伏地叩首答道："回皇上，小的不敢，小的不敢。"秦始皇一看没人承认，便大发雷霆地吼道："国有国法，家有家规，朕已说过，透露朕行踪者斩！"

众人不断磕头答道："小的真的不敢，请皇上明察。"秦始皇看无一敢说实话更是恼火，大声喝道："来人，把他们都推下去斩了！"众人一听顿时乱成一团，哭喊声连成一片："皇上，冤枉啊，冤枉！"一些兵士走了进来，连拽带拖地将呼喊着的人们拉了下去。

徐福出海

在琅邪山脚下的海滨，数十艘大船已经建好，整齐地排列在那里待命出航。琅邪山顶，徐福和荀愫、齐钧等即将出海寻仙的方士们面对祭台向天祈祷。徐福拱手仰天诵道："我等自幼修神仙之道，今奉皇命出海寻仙，望苍天保佑，早日如愿返回。"

每艘船都搭好了连接船舷和陆地的木板，很多人正往船上装运货物，工匠们和童男童女也在陆续登船。县令陈州率领大小官员前来为徐福船队送行，陈州拱手对徐福说："徐大人，此次出海任重道远，还望多加保重，早日凯旋。"徐福拱手答道："多谢县令大人前来相送，我等将竭尽全力完成使命。"

正在陈州和徐福相互寒暄之时，忽听远处响起一片哭喊声。徐福等人转头望去，只见许多民众正朝这边涌来。兵士们拿着枪棍拼命地阻拦，但几乎被愤怒的人群冲破。一个中年女人拼命向前冲着，并且边冲边喊："还我孩子！把孩子还给我！"后面的人群的呼声也此起彼伏："不能把孩子带走啊！""我就这一个儿子啊！"

徐福先是愣了一下，然后又看了看身边的陈州。他心里明白这些民众来这里是要抢回随自己出海的童男童女，因为这些孩子都是作为祭祀海中神仙的牺牲品而抓来的。徐福见旁边的县令陈州对此情形面露难色，于是果断地下令说道："良辰已到，扬帆起航！"

船队依次扬帆起航，岸边的人们仍在挥手呼喊，但他们能看见的只是逐渐消失在大海里的船队。

徐福带领的船队在苍茫大海中航行了几日，站在船头的徐福在遥望远方仔细察看着航路。旁边的齐钧对徐福说："徐大人，我们已出海数日，尚未见到神山踪影，茫茫沧海，真是难以寻觅啊。"徐福转身对齐钧说："齐大人，出海寻找神山是我等方士数代人的愿望，非一日之功的事情。"

航行了半晌之后，从船上往前方望去，天边乌云密布，风起云涌，海面波浪起伏，白浪滔天。不一会儿，只见狂风大作，船体摇摆，把站在船头的徐福等人吹得前仰后合，难以站稳。徐福向身旁的将领下令道："风云骤变，必有妖魔作怪，传令各船坚守，不可动摇。"

风浪越来越大，在白浪滔天中可见一头巨大的鲛鱼不断跃起。徐福船队被鲛鱼掀起的风浪高高抛在空中，整个船队随着海浪上下颠簸，前仰后合。有的兵士因站立不住而摔倒在船板上，有的甚至被风浪掀到了海里。

被几个兵士搀扶着勉强站立的徐福一边用手指着海中翻滚的鲛鱼，一边对身旁的齐钧和荀憬喊道："有巨鲛作怪，命弓箭手射杀之！"各船的弓箭手在摇晃中乱箭齐发，有的射到了海里，有的射在了鲛鱼附近，有的因船体倾斜射到了天上。

狂风越来越大，被射中的鲛鱼流出鲜红的血液，发疯般在海中翻滚，一头将附近的船只撞翻，上面的弓箭手被纷纷掀到海中，成了鱼鳖的腹中之物。鲛鱼仍在上下翻滚，兴风作浪。海浪翻过船头，又有一些船只在鲛鱼的冲撞下颠覆在海里，落在海中的兵士鬼哭狼嚎。

徐福乘坐的大船在风浪中摇摆着，被吹倒在地的徐福一手遮挡着不断铺天盖地而来的海浪，一边大声喊道："马，马上返航！"

出海失败，徐福只好带领船队返回临淄城。

这天，徐福家中几名因出海受挫的方士坐在一起，商议如何再次出海寻找神山的办法。徐福对大家说："海上不仅天气瞬息万变，而且海中也暗藏玄机，此次遭遇巨鲛受阻，看来寻仙找药绝非易事。"

大家听了徐福的话都低头不语，过了一会儿方士齐钧对徐福说："正因如此，多少代相信神仙之道的方士才至今无果。但这次我们是奉秦始皇之命入海寻仙，而且听说秦始皇就要启程朝淄博而来，到时候若无结果我们则无法交代啊！"

方士荀憬在一旁也是带着满脸焦虑的神色，他对徐福和齐钧两人说道："如果秦始皇来到这里问起此事，我们又无言以对，必将会触怒龙颜，获欺君之罪。"徐福沉思了片刻说道："我们出海遇巨鲛受阻一事不假，随行的人都可以做证。见到秦始皇时，我们可多少夸张描述一番，让皇上理解我们出海寻仙的难处。"

齐钧和荀憬对徐福话都表示赞成，然后又回到了如何选择下次出海时机的话题上。荀憬拿出一张地图，用手指着说道："神山屡屡现于东南，应是我们出海寻仙的方向，但若要顺利出海，必须考虑两点。"

徐福一边看着地图一边问荀憬："是哪两点？我一心钻研神仙之道，对天文地理缺少研究，还请荀大人指教。"荀憬看着大家说：

"一要看季节，一要看海流。根据我多年出海经验，夏季到初冬海面多台风，不宜出航。仲春至初夏，南风乍起，海流通畅，可谓出海寻仙的最好季节。"徐福和齐钧听后都点头称赞道："荀大人言之有理。"

秦始皇在咸阳终日惦记着派徐福等人出海寻仙找药一事，决定再次东巡确认情况。一列车马行进在前往东土的路上，经过数月奔波终于到达了临淄城。

临淄城内大小房屋井然有序，街上车来人往，一片繁华景象。衙门里，县令陈州带领大小官员拱手对秦始皇行礼："微臣拜见皇上。"秦始皇把手一挥说道："平身吧。为朕出海寻仙的徐福有消息了吗？"陈州一听秦始皇刚来就问起此事，吓得连忙跪在地上叩首答道："回皇上，徐福出海受阻已经回来了。"

秦始皇听了陈州的话，带着几分惊讶和不悦的语气问道："回来了？因何事受阻？"陈州一见秦始皇面带怒气，吓得连忙低下头来，用微弱的音声向秦始皇说道："说是出海遇到巨鲛拦阻，船翻人亡，不得不回。"

听了陈州的解释，仍怒气未消的秦始皇说道："传徐福来见朕，朕要亲自问个究竟。"陈州马上答道："徐福正在外边等候，这就叫他进来。"陈州转身向门口喊道："宣徐福上堂叩见皇帝！"

方士徐福在外边将衣带整理了一番，躬身碎步走进大堂，他不敢抬头正眼相看坐在上面的秦始皇，只是慌忙伏地叩首说道："方士徐福拜见皇帝。"秦始皇开门见山地问徐福："说是你们出海受阻，不得不返回，是怎么回事？"

徐福再次叩首答道："回皇上，在下奉旨出海寻仙，在海上航行数日后突遇巨鲛兴风作浪，不但挡住了去路，而且还掀翻许多船只，

54

另随行人员伤亡无数，无奈只好返了回来。"秦始皇料徐福也不敢蒙骗自己，又接着问道："巨鲛是什么样的怪物？竟然能让船翻人亡？"

徐福这时才敢把头抬起来，向秦始皇描述道："回皇上，在下也是第一次见到巨鲛。鲛鱼身长数丈，远远望去犹如礁石，翻滚即兴巨浪，害得船只被其颠覆，非凡人所能制服。"秦始皇听了徐福的描述后半天沉思不语，脸上露出一丝对寻仙找药一事感到失望的神情。

夜深人静，秦始皇躺在床榻上辗转反侧，难以入眠。他满脑袋里都是白天徐福对巨鲛的描述，不时长吁短叹。朦胧中秦始皇进入梦乡，恍然梦见自己乘坐在一艘大船上，在李斯、赵高和徐福等人的陪同下在茫茫大海中航行。走着走着，突见远处一个黑乎乎的东西在涌动，只听徐福在一旁惊慌失措地喊道："皇上快看，那就是巨鲛！"

秦始皇怒目圆睁，"唰"的一声把佩剑拔了出来，朝着巨鲛喊道："朕六国都能灭掉，何惧巨鲛妖物！"巨鲛渐渐靠近秦始皇的大船，同时掀起了滔天巨浪。还未等秦始皇定过神来，巨鲛已张开大口向他扑来。

说时迟，那时快，秦始皇将身一闪，顺手把利剑高高举起，毫不犹豫地刺向了巨鲛的口中。秦始皇的利剑刺中了巨鲛的上颚，并穿过上颚从上面露了出来。巨鲛疼痛难忍，拼命摇身摆首，用力将秦始皇手中的利剑带走，然后一头栽到了海里，鲜红的血液如泉涌般冒了出来。

秦始皇猛然从梦中醒来，惊魂未定地向外喊道："来人，来人啊！"赵高慌忙从外边趋步跑了进来，来到秦始皇身边拱手问道："小人在，不知皇上受了何种惊吓？"只见烛光中的秦始皇依然惊慌失色，额头上渗出了很多虚汗。

秦始皇把自己梦中刺杀巨鲛的事向赵高描述了一遍，赵高立即上前恭维道："禀皇上，梦斩巨鲛非常人所能之事，恭贺皇上马到功成，镇妖除怪，也为徐福出海扫平了道路。"秦始皇心知梦斩巨鲛是虚幻之事，但听了赵高的话后依然感到了一丝欣慰。

　　琅邪台上，旌旗林立，徐福等方士带领众人准备再次出海。赵高站在秦始皇身边对众人说道："皇上洪福齐天，威震四海。昨夜托梦已怒斩巨鲛，为尔等出海除去了妖孽。你们可借皇上神威，放心出海寻仙采药。"徐福等方士拱手向秦始皇拜道："多谢陛下，臣等此次出海定不负皇恩，找不到神山誓不归还，赴汤蹈火，在所不辞。"

　　琅邪山麓的东海岸边，推车的，装船的，人来人往，一片繁忙景象。大量写着"食粮"和"种子"的大坛子被装上船，此外还有装在笼子里的猪、羊、鸡、鸭等各种家畜。徐福和齐钧、荀憬等人告别秦始皇后来到海边查看装船情况，徐福对负责转船的官员说："此次出航，短说数月，长则几载，一定要把各种东西都带充足，以保日后无忧。"官员拱手答道："在下照办，请徐大人放心。"

　　琅邪山上，秦始皇等人站在那里目送徐福船队出海寻仙。山脚下的海边，几十艘大小船只已经扬帆出航。船队渐渐离岸远去，天空中回荡着海边民众的哭喊声："我的孩子啊"，"还我孩子"！

箕氏侯国

夕阳西下，徐福船队顺风满帆在大海中航行。一轮红日正在渐渐西沉，海面被染成了嫣紫色。各船上的人们已在准备晚饭，远远望去，海面上炊烟袅袅。

在徐福和齐钧、荀憬乘坐的大船上，几个人正在船头一边闲谈一边观望着周围的景色。眼前的大海风平浪静，波光粼粼，天边的云朵如镶在了空中一般纹丝不动。荀憬一边极目远眺，一边说道："徐大人，我们已出海多日，一路上还算顺利。"

徐福放下手中的茶杯，带着喜忧参半的口气应和道："是啊，身处茫然大海，方觉天地之大。一路虽然平稳，只是眼前总是茫然一片，始终看不到任何东西。"齐钧知道徐福话中的"看不到任何东西"指的是什么，心中也对这次奉命出海，但又茫然没有目标的航行甚为担忧。然而，自古以来方士出海寻找神山，基本都是朝某一方向一味航行，从来没想过目的地究竟是在何方。

作为方士，人人都会有此经历，更有很多人满怀信心扬帆而去，但最后连返回的身影都未见到。于是他像是安慰徐福，也像是安慰自己一样说道："神仙之道就是在无形中求有形，若没有一望无际的大海，就不会有神山的存在。咱们坚信先辈所言一路东行，定会发现神山，找到仙人。"徐福和荀憬听齐钧这么一说，先是对视了一下，然后三人都心领神会地大笑起来。

夜幕已经降临，微弱的月光映照在静谧的海面上。徐福船队停泊在大海里，海面上闪烁着零碎的灯光。已经入睡多时的徐福忽然被呼呼的风声吹醒，他下意识地拉开窗户向外观看。窗外漆黑一片，天空乌云密布，傍晚时的月亮早已不见踪影，只有阵阵狂风不断吹来。

船体在风浪中摇晃着，这时大船船长进来报告："徐大人，海面强风突起，船只摇晃得很厉害。"徐福起身扶着墙壁勉强站稳，下令说道："注意观察，如遇巨鲛作怪，立刻令弓箭手射杀之。"大船船长拱手答道："回徐大人，我已在船头观察许久，只是风力越来越大，并未见有巨鲛作祟。"徐福听后略加思索了一下，然后说道："赶紧通知齐大人和荀大人，同时密切观察天象。"

徐福和齐钧、荀憬马上都来到了船头，顶着大风观测天象。天穹如同一个巨大的黑锅，把整个船队都紧紧扣在了里面。一阵巨浪袭来，把徐福等人冲击得几乎站立不住。荀憬喊着对徐福说："徐大人，风向与白天大有不同，似乎已经由东南转向东北，各船也正向东北方向偏斜。"徐福听后立即对身边的官员说："传令各船，立即调整风帆，继续向东行进。"

漆黑的海上狂风四起，白浪滔天，徐福船队在风浪中摇摆挣扎。所有人都躲进了船舱，随波逐流任凭风浪颠簸……

黑夜过去，乌云消散，东方渐明，风浪也逐渐恢复了平静。徐福船队开始有人陆续从船舱中走出来，来到船头相互辨认着被暴风吹散的其他船只，然后奋力向一处靠拢。徐福等人也纷纷来到大船船头，仔细观测着四周的情况。

随着天色大亮，被风吹散的船队又都靠拢在了一起，船队开始继续向东行进。过了一段时间，站在徐福身旁的齐钧突然对徐福说："徐大人，你看，远处好像有座像山又像岛的东西。"徐福一听，赶紧顺着齐钧手指的方向望去。在遥远的地平线上，确实隐约可见有一个像山一样的东西高高隆起。

徐福向远处举目凝视，荀憬急切地在旁边说道："徐大人，会不会是我们要找的神山？"徐福对荀憬的推测不置可否，依然全神贯注地看着前方。随着船只的行进，对面如山似岛的地方轮廓渐渐分明。

徐福一边看着前方，一边自言自语地说道："方士中多有传闻，言神山难以靠近，接近则会被强风吹开，此言果然不虚。"站在旁边的齐钧听徐福如此说，显得有些兴奋地喊道："浮现在浩瀚无边大海上的一定就是神山，咱们赶紧召集童男童女，设坛祭神驱鬼吧！"

天色完全大亮，前方如山如岛的东西已经变得更加清晰。从其轮廓和形状来看，中间高高隆起，两边缓缓展开，既是一座山，同时也毗连着一片陆地。徐福的大船上祭坛已经搭好，兵士们把刚睡醒的童男童女从船舱中拉了出来，孩子们被突如其来的举动吓得又哭又喊。兵士们把童男童女拽到了祭坛前面，硬让他们排成一列跪在那里。孩子们被兵士的粗暴举动吓得浑身发抖，但个个咧着小嘴都不敢哭出声来。

徐福指示船队继续朝着如山如岛的方向航行，没过多时船队已经靠近了一座很大岛屿的海岸。对面的陆地不仅清晰可辨，而且还有着长长的海岸线。从远处看到的恍如神山的东西，已经退到了海岸线的里侧，巍然耸立在那里。船队距离海岸线越来越近，不仅能看到近处有许多房屋，而且还能隐约看到有人在海边走动。

船队越来越靠近岸边，只听对岸有人冲着徐福的大船喊道："你们是什么人？为何擅闯本地？"站在大船上的徐福看清对岸喊话的人是正在巡逻的士兵，刚要仔细辨认对方是什么人，只听身边的荀懔说道："徐大人，这里不像是神山，船队是不是被吹到了北胡之地？"

徐福心里一怔，这里不是神山毋庸置疑，但从对方的衣着打扮上并看不出是什么地方。事已至此已无多加考虑的时间，徐福只好朝着岸边的兵士大声喊道："我们是大秦使者，是昨晚路遇暴风被吹到这里的。"岸上的士兵听徐福说是大秦来的，再看看他们的服装的确是中原装束，于是示意徐福他们依次将船靠在岸边。

这里果然是一处有山有陆地的地方。离海岸不远有一座像宫殿般的房子，一个将领慌慌张张地跑了进来，向坐在中间的箕氏侯国国王箕准报告："报告大王，有一自称从大秦而来的船队已经靠岸。我看其规模庞大，没敢贸然相撞。"

箕氏侯国国王箕准听后显得有些惊讶，一边起身一边叨叨咕咕地说道："我们与大秦素无往来，他们的船队为何会突然到此？"箕准起身后整理了一下装束，然后随着前来报告的将领匆忙朝徐福船队停泊的地方走去。

箕氏侯国国王箕准带着众人来到大海岸边，出现在他眼前的是一字排开的徐福船队。箕准走到一艘大船前，只见上面徐福等人正向他拱手而立。箕准见状也立刻向船上拱手拜道："在下是箕氏侯国国王箕准，不知大秦使者驾到，有失远迎。"徐福和齐钧、荀懔等人再次拱手致礼，徐福高声对箕氏侯国国王箕准拜道："在下徐福，突然造访，还请国王大人多加宽恕。"

国王箕准听说徐福他们是从中原大陆来的，很有礼貌地把他们请到了自己的宫殿。宫殿大堂上箕氏侯国国王箕准和徐福相邻而坐，下面左右两侧是各自的大小官员。箕氏侯国国王箕准拱手向徐福问道："敢问徐大人此次为何光临敝地？"徐福拱手对箕准说："实言相告国王大人，我等本是奉大秦皇上之命出海寻仙找药的方士，没想昨夜突遇飓风，偶被吹到了贵地。"

箕准听后拱手说道："徐大人原来是奉皇命出海的方士，失敬失敬！海上真的可以找到神山得到仙药吗？"徐福拱手答道："方士信奉神仙之道，坚信海上有神山。昨夜突遇狂风，将船队吹得七零八落。天明后远远望去，以为贵地是我们要找的神山，便将船队靠了过来。"

箕准听后哈哈大笑起来："惭愧，惭愧，敝地虽然有山，但无神仙。徐大人若奉皇命而来，让徐大人失望了。"徐福也跟着笑了起来："神山另当别论，相逢便是缘分。国王大人看来也是汉人，为何居住在这里？"

箕准拱手答道："此地名为箕氏侯国，亦称箕氏朝鲜，建国已百余年，我们几代人都生活在这里，鄙人被百姓拥戴为王。"徐福看着箕准有些不解地问道："为何叫箕氏侯国？莫非有什么缘由？"箕准答道："说来话长，我等祖上本是商朝大臣的箕子，纣王时获罪入狱，后被周武王从狱中放出，因不愿臣服他人，故率商朝遗民出走来到这里，之后被周武王封为箕氏朝鲜之侯。"

徐福听说后肃然起敬，急忙拱手行礼道："国王大人原来是殷末三仁之一箕子之后裔，在下早有耳闻，失敬，失敬。"箕准说道："哪里，哪里。在此知遇徐大人备感亲切，不知徐大人带如此多的船只，准备到哪里去寻神找药呢？"

徐福答道："方士自古修神仙之道，相传海中有三座神山，名曰蓬莱、方丈、瀛洲。徐福此行是率领船队向东航行前去寻找。"箕准听后略加思索了一下，说道："原来如此，说起神山，此地也有关于瀛洲的传说，而且描绘说山上住着仙人，掌有长生不老之药。"

徐福听了眼睛一亮，赶忙追问道："哦？这里有叫瀛洲的神山？可知此山位于何方？距此多远？"箕准答道："十分惭愧，关于瀛洲鄙人只是耳闻，并未去过。但据周围的人说，如是由此径直南下有的时候可以望见。"徐福一听喜出望外，拱起双手对箕准表示感谢，连声说道多亏有幸遇到国王大人，看来寻找神山已经有些眉目，将尽快起航南下。

箕准与徐福等人一见如故，主客相互敬酒，说古论今，推杯换盏，谈笑风生。酒过三巡之后，徐福向箕准介绍了大秦统一六国后，秦始皇为了能长治久安，便派自己出海寻找长生不老之药的情况。箕准听后脸上显出几分自豪的神色，笑着对徐福说："徐大人，要说长寿，我们这就有个长寿村。"

谈到了长寿话题，徐福立刻显出很大兴趣。他把身子倾向了箕准一侧，急切地问道："长寿村？为何叫长寿村？"箕准说："对，是长寿村。因为那里有很多长寿老人，虽然都是高龄，但个个鹤发童颜，精神矍铄。"徐福一听兴趣倍增，立即向箕准请求道："听国王大人如此说，在下徐福倒是很想亲眼一睹寿星风采。"箕准爽快地答道："好啊，我也正有意留徐大人多住些日子，明天咱们就去长寿村走一趟吧。"

人形益寿草

　　白云蓝天，青山绿水，一队人行走在山中小路上。箕准带着徐福等人沿着山路去山脚下的长寿村，走着走着大家觉得有些累了，便站在原地稍加歇息。箕准用手指着远处的高山对徐福说："徐大人，这一带的高山古称'不咸山'，今为'太伯山'，景色秀丽，物产丰富。"

　　徐福顺着箕准的手指方向望去，箕准说的不咸山挺拔秀丽，郁郁葱葱，群山峻岭之上白云环绕，美不胜收。徐福不由得感叹道："真是好山好水好景色！"

　　箕准等人来到了山脚下的一座村庄，阳光照射在一排排的民房上。村内鸡鸣犬吠，充满了祥和悠闲的气氛。有几位老者正在村口晒太阳聊家常，一见箕准等人走了过来，纷纷起身拱手说道："国王大人驾到，有失远迎，有失远迎。"

　　箕准微笑着向大家摆手，一边致意一边说道："今天我给大家带来了稀客，这位是从大秦远道而来的徐大人。"徐福一见箕准向众人介绍自己，连忙拱起手屈身说道："各位乡亲父老，恕在下徐福前来打扰。"

几位老者听箕准说徐福等人是从大秦而来，都油然生起一种亲切感，因为徐福等人毕竟是从自己祖先的中原而来。几位老者立即张罗起来，又是找地方让箕准和徐福等人坐下，又是赶紧端茶倒水。

徐福坐下后仔细端详了一下身边的几位老者，果然如箕准所说，个个都童颜鹤发，精神饱满，意气风发。徐福开门见山地对大家说："徐福此次是奉大秦皇上圣旨出海寻仙找药，路遇飓风飘落到了这里。幸遇国王大人热情款待，还特意带我到长寿村看看，敢问几位长者高寿？"

几位老者一听徐福问起了自己的年龄，先是相互看了看，然后哈哈大笑起来。其中一位对徐福说道："不瞒徐大人，我们终日无所事事，平安度日，只是快乐地活着，从未介意过自己多大年龄。"徐福一听显出有些困惑的样子，刚想继续追问，只见另一位老者在旁边笑着补充说道："俗话说人活七十古来稀，可在我们这里啊，七十八十不算啥。就我们这几个人来说，岁数大的肯定过百，岁数小的也得有个八九十。"

徐福听了老者的话也跟着哈哈大笑起来，一边竖起拇指称赞眼前的老寿星们，一边试探着问道："各位如此高寿，肯定是有什么长寿秘诀吧？"几位老者一听徐福想知道自己长寿的秘诀，又是先相互看了看，然后一位老者带着神秘的语气对徐福说道："听说徐大人出海是为了寻找长生不老的仙药，其实仙药不仅海里有，我们这儿的山里也有的。"

徐福一听更是兴趣大增，赶忙问道："山里也有长生不老的仙药？"老者们一边点头一边争先恐后地说道："我们这山里有一种神草，形状如人，功参天地，不仅能包治百病，而且平日食用还能强身健体，益寿延年。"

徐福听后惊奇地问道："贵地竟有如此神奇之药？它是何物？可否能让徐福一饱眼福？"老者说："要看就要看山里长着的，现在这个季节正是神草生长的时候，虽然不是很好寻找，但可带你去山里碰碰运气。"

几位老者带领箕准和徐福等人来到了山里。眼前是一望无际的参天大树，几缕阳光从缝隙中射进来，给遮天蔽日的林中带来了斑斓的光亮。其中一位老者走在最前面，在草木丰茂的向阳之处寻找着神草的枝叶。虽然找了很久仍未见神草的踪影，但始终精神抖擞，不舍不弃地用手中木棍不断拨打着草丛。

徐福等人虽不知老者所说的神草是个什么样子，但也把目光投入到草丛之中，似乎努力要发现点儿什么似的。过了好长时间，忽然听到走在前面的老者惊呼道："有了！有了!"大家赶紧顺着呼声围了上去，人人都想先睹为快，看看神草的模样。

徐福顺着老者手指的方向俯下身来，仔细寻找着老者说"有了"的神草。可眼前能看到的除了一片茂盛的草丛之外，根本辨认不出哪个是神草。就在徐福带着迷惑不解的目光盯着一片杂草时，只见刚才喊"有了"的老者从口袋里掏出一根红线，并迅速地把它系在了一根细细高挺的茎叶上。

徐福意识到这棵被系上红线的一定就是老者们说的神草，禁不住问道："为何要给神草系上红线？"老者一边把红线紧紧系好，一边对徐福说："神草隐身于乱草丛中，没有经验的人很难找到。而且即使找到了，如不马上用红线把它系上，神草也会瞬间消失在草丛里的。"

老者说完后又手脚麻利地将神草和其他草木分开，然后从兜子里掏出一个长长的片状的东西对徐福说："采集神草最忌铁器，挖掘时要用特殊的东西才行。这是一把用鹿骨做成的刀片，挖的时候要格外小心。"老者说完，小心翼翼地将神草周围的泥土拨开，用鹿骨刀一点一点地向深处挖去。

大约过了半个时辰，一棵细如根须的东西随着上面的枝叶被挖了出来。老者高兴地将神草举到徐福面前："徐大人，这就是神草，你看它的样子，像不像人的躯体？"徐福从老者手里接过神草仔细端详了一番，其较粗的部分很像人的胴体，而伸展的根须确与人的四肢相仿。

旁边的老者告诉徐福："神草功效极大，既可滋养身体，也能祛除百病，是我们长寿村的宝贝。"徐福边听边点头表示赞许，并对身边的齐钧和荀憬说："真是一方水土养一方人，可见咱们是孤陋寡闻了！"

齐钧和荀憬接过神草相互传看的时候，徐福对老者说："这种像人的草的确十分神奇，能让徐福把它带回大秦吗？"还没等几位老者说话，箕准在旁插嘴说道："徐大人不必客气，此草若能助徐先生一臂之力，尽管带走无妨。"徐福一听十分高兴，拱手向箕准及老者们表示感谢。

箕准与徐福等人走出树林，来到了一座山上。箕准用手指着远方对徐福说："徐大人，请看前方。"徐福顺着箕准手指的方向望去，只见在大海远方的地平线上有一座山峰隐约可见。

徐福向箕准问道："国王大人，前方莫非是我们要找的神山？"箕准爽朗地笑了起来，对徐福说道："哪里，哪里。那里看着像山，其实是个大岛，名曰'津岛'。徐大人由此南下，那里是必经之地。"

徐福听后眯起眼睛仔细观察着远方的岛屿，说道："此岛目视可及，想必不会太远。"箕准答道："的确不是很远，距这里约百里有余。那里的岛主是我的近亲，待我修书一封烦徐大人带上，也好得到他们的关照。"徐福听了十分感激，赶紧拱手拜道："多谢国王大人举荐，徐福没齿难忘。"

徐福船队在箕氏侯国住了几日之后，决定今天起航继续南下寻仙找药。清晨的海岸线上人头攒动，箕准带着群臣百官和许多百姓前来为徐福等人送行。徐福拱手向箕准致谢道："正所谓人生何处不相逢，此次在此幸会国王大人，令徐福获益不浅。"

箕准也拱手回礼道："哪里哪里，箕氏侯国地处偏远，中原之事所知甚少。幸有徐大人船队来访，聊慰我等望乡之情。"徐福接着说道："贵地物产丰富，除喜得神草良药之外，还获国王大人多方资助，徐福深表谢意！"箕准连忙摆手说："徐大人客气了，些许小事，何足挂齿。祝徐大人一帆风顺，马到功成，早日返回举杯畅饮。"

徐福船队扬帆起航，箕准和前来送行的人们拱手高高举起，目送他们离岸渐渐远去。

伊伎岛问路

旭日东升，徐福船队在苍茫的大海中迎着朝阳继续向东南航行。

季节已是暮春，阵阵熏风迎面扑来，徐福和齐钧、荀憬等带着几分惬意站在船头，任凭衣袖和巾带等随风飘起。透过他们的背影，展现在眼前的是一片云烟氤氲、阳光四射的大海。远远望去，之前箕准向他们介绍的岛屿已经高高地浮出地平线，整个轮廓朦胧可辨。

徐福和齐钧、荀憬站在船头眺望着，徐福说道："人云望山跑死马，百里之遥的岛屿走了两天还未到达。"齐钧笑着对徐福说："好在它不是可望而不可即的海市蜃楼，算起来这个岛还是我们出航以来第一个有目标的地方。"

船队渐渐靠近岛屿，上面的树木和房屋等已清晰可见。走在前面的船已经靠近岸边，看到岛上有很多人走动，而且还有些慌乱。再往岸边靠近，只见那里的兵士们拿着长枪短棍，边往船队这边比画边呼叫着："不好了！不好了！大军压境了！"

一个将领模样的人拔剑高呼："不要乱，各就各位，给我守住！"这时，船队已一字摆开停泊在了距离岛屿很近的海面上，将领模样的人站在兵士前面向徐福船队高喊道："你们是什么人？为何闯入这里？"

齐钧在船上把手做成喇叭状放在嘴上喊道："我们是从箕氏侯国来的，国王有书信交给你们岛主！"将领模样的人听说船队是从箕氏侯国来的，而且还有书信交给岛主，便半信半疑地把手里的剑放了下来，带着仍不放心的口气确认道："是国王大人让你们来的？"

徐福几个人朝着将领几乎是异口同声地答道："是的，是的。"将领模样的人略加思索了一下说道："既然如此，那就先下来几个人，带着书信去见我们岛主。我们岛主如果确认书信是真的，自然会请大家前来做客。"

徐福听对方如此说，心想也不好勉强行事，正要跟身边的人商量，只见荀憬对他说道："徐大人，虽有箕准书信在，但毕竟我们人生地不熟，还是我先带人过去看看吧。"徐福觉得荀憬说的有道理，便点头说道："好，那就有劳荀大人前去探路。"

荀憬带着几个人跟在将领模样的人的后面，从海岸向岛屿的深处走去。不一会儿，来到一个像大杂院一样的地方，只见几个手持棍棒的兵士在门口把守。荀憬等人来到了门口，将领模样的人抬手拦住了他们，说道："只许一人带着书信去见我们岛主，其他人暂且在此等候。"荀憬拍拍装有书信的胸口说道："好，我跟你去见岛主。"

荀憬跟着将领模样的人走进了矮矮的圆顶房屋，由于内外光线反差很大，昏暗的室内让人几乎看不清任何东西。只听将领模样的人喊道："报！有箕氏侯国使者来访。"荀憬跟着将领模样的人又往里走了几步，在眼睛慢慢适应了里面的环境后，看见中间坐着一个身体十分魁梧的人。

将领模样的人单腿跪地抱拳说道："岛主大人，此人就是箕氏侯国使者，说有国王书信要亲自递交。"荀憬一听知道坐在对面的人是岛主，便先拱手行礼表示敬意。岛主对荀憬说道："箕氏侯国国王乃我近亲，不知有何事要派人专程送书信过来？"

　　荀憬从怀里掏出一束竹简拱手答道："回岛主大人，在下并非箕氏侯国国王使者，而是寻仙讨药经过此地的大秦方士。日前因遇风暴被吹到了箕氏侯国，国王大人待我们如同一家，并书信一封将我们引荐给岛主大人。"荀憬说完把书信交给了将领模样的人。

　　岛主接过将领模样的人递上来的书信，展开后上下打量着看了起来。过了一会儿，岛主抬起眼睛看了荀憬一眼，并起身来到了荀憬身边："原来是中原贵客驾到，有失远迎，有失远迎。"岛主说着还拉着荀憬的手让他坐在了自己的身旁。

　　荀憬拱手表示感谢，坐定之后对岛主说道："多谢岛主大人宽宏接纳，我们的带头人琅邪御史徐福带领众人还在船上待命。"岛主一听连忙吩咐将领模样的人："快请大家上岸，来岛上一聚！"

　　岛主设宴款待徐福一行，人们面前的四条腿小案几上摆满了佳肴美酒。岛主举杯对坐在旁边的徐福说："徐大人与诸位不远万里光临敝岛，实在是有失远迎。"徐福举杯回敬道："在下奉大秦皇帝之命出海寻仙，有幸得到岛主大人的盛情相待，真可谓是三生有幸。"

　　岛主边给徐福斟酒边问道："不知徐大人要到哪里寻找何方神仙？"徐福端起酒杯与岛主碰了一下，两人各喝了一口后，放下酒杯拱手答道："在下自幼专攻神仙之道，我等方士深信海中有神山，曰蓬莱、方丈、瀛洲。本次出海就是为了找到神山，并从仙人那里得到长生不老之药献与当今皇上。"

　　岛主听了徐福的话后，也放下了酒杯对徐福说道："我们这里叫

70

津岛，是自古以来大陆通向海中的必经之路。由此再往南下，则是大小岛屿接连不断，其中自然有很多高低不齐的山脉，但不知是否有徐大人要找的神山。”

徐福听后颇感兴趣地说道："在下为齐国出身，当地百姓古来就有海中神山时隐时现的传闻，但历代方士多次出海寻找都未能如愿。多谢岛主大人指点，在下身负皇命不敢久留，明日即继续前行，努力寻找神山。”

岛主尽管对徐福的话颇感神秘，但总觉得神山时隐时现终归是个传说。岛主觉得有必要把这里的情况说说，于是认真地向徐福介绍道："徐大人所言非常令人向往，如能找到神山的确不虚此行。我刚才说的那些大小岛屿都是实际存在的，因为我们出海打鱼遇到风暴时常会被吹到那里。”

徐福很感兴趣地听岛主告诉他情况，虽然以前自己也曾多次出海寻找神山，但茫茫大海上岛屿相连的景象并不多见。徐福颇感兴趣地追问道："海上既然有那么多岛屿，上面一定也会有很多高山吧？不知是否有传说中的神山？"

岛主歪着头使劲回想了一番，说道："那里与敝岛相距甚远，另外也从未关心过神山之事。不过徐大人一片忠心，天地可鉴，在下愿助一臂之力。由此南下百余里，有一处叫作伊伎岛的地方，岛主是我的一个兄弟，明日在下送徐大人前往，一同打听一下神山消息。"徐福听后大喜过望，高兴地举杯说道："多谢岛主大人！"

第二天，津岛岛主陪同徐福一行来到了伊伎岛。夜晚，海上的伊伎岛被月光笼罩，上面闪烁着簇簇灯火。造酒作坊里一片繁忙景象，人们正把一个一个的酒坛子搬往伊伎岛主迎接津岛岛主和徐福一行的宴会场。

伊伎岛主、津岛岛主、徐福、荀憬和齐钧等人横坐在前面，两侧按主客官位大小一字排开。女人们给大家的杯里斟上酒后，伊伎岛主举杯说道："欢迎大哥与徐大人诸位光临！本岛地薄物少，招待不周，还请各位见谅。"

大家纷纷举起杯，边客气地说"哪里哪里"边喝起酒来。徐福喝了一口后，朝伊伎岛主竖起大拇指赞赏道："好酒啊，醇厚清冽，柔中有刚！"津岛岛主听后也向徐福竖起了大拇指，笑着说道："徐大人果然不同凡响，伊伎酒在我们这一带是名传遐迩的美酒。"

酒过三巡，伊伎岛主也与津岛岛主刚见到徐福时一样，怀着好奇的心情问起徐福等人为何不远万里来到这里？还没等徐福答话，津岛岛主便插嘴说道："徐大人是奉大秦皇帝之命，前来寻找神山的。贤弟，你可知道这一带有神山？"

"要找神山？"伊伎岛主眼睛盯着徐福，还是想从徐福嘴里得出最想要的答案。徐福于是以实相告："是神山，我们几个都是过去齐国的方士，相信海上有蓬莱、方丈、瀛洲三座神山，也曾多次出海寻找过。秦始皇统一天下后，想要得到长生不老之药，所以颁旨让我们再次出海寻找神山。"

伊伎岛主得知徐福来意之后，立刻眉飞色舞地讲了起来："要说神山，我们这一带也有很多传说，徐大人说的那个瀛洲我就听说过。""是吗？"徐福听后眼睛一亮，赶忙追问道："岛主大人听说过瀛洲？知道在什么地方吗？"伊伎岛主想了半天说道"我未曾去过那里，只是略有耳闻。据下海的人说，从此偏东向南，在百余里开外处有一片宛如陆地的地方，上面河流交错，群山起伏，人云瀛洲就在那里。"

徐福听了十分兴奋，心中暗喜在这里得到了神山的消息，顿时觉得对寻仙采药一事增添了不少信心。徐福举杯对伊伎岛主说:"岛主大人之言,令我等喜出望外,更坚定了我们继续南行的信念!"齐钧也在旁边感叹道:"找到神山是寻仙讨药的第一步,如果南边真有神山瀛洲,长生不老之药也就有指望了!"

伊伎岛主听了徐福和齐钧说的一番话后,终于明白了这些从大秦来的人是为了到神山寻找长生不老之药,不禁哈哈大笑起来:"人生自古谁无死?长生或有可能,不老谈何容易?"荀憬一看自身目的难以让人理解,于是补充说:"我等方士信奉神仙之道,长生不老是追求的终极目标。秦始皇也是为了社稷长治久安才对仙药情有独钟,让我等出海的。"

伊伎岛主见徐福他们如此笃信神仙之道,也知道人各有志这个道理,也就没再说什么。大家接着喝酒谈笑,不知不觉已经到了深夜。徐福最后端起酒杯,对津岛岛主和伊伎岛主说道:"非常感谢二位岛主大人一路的关照和款待,而且幸获伊伎岛主大人指点迷津,明日我等将继续南下,争取尽快找到神山。"

飘落末卢国

第二天早上，停泊在海边的徐福船队整装待发，津岛岛主和伊伎岛主带着众人前来为其送行。伊伎岛主拱手向徐福拜道："徐大人任重道远，还望多多保重。"徐福也拱手向两位岛主致谢并告别道："大恩不言谢，期待早日返回，再次举杯畅饮。"

伊伎岛主转身指着身后一列长长的车队说："这些是敝岛多年窖藏美酒，赠予徐大人及各位路上小酌。"徐福等人为伊伎岛主的一片盛情所感动，但什么也没说，只是深情地望着伊伎岛主和津岛岛主，拱手俯身致谢。

徐福船队缓缓离开海岸，船上船下的人们相互挥手告别。船队渐行渐远，慢慢消失在茫茫大海之中。

离开伊伎岛后，徐福船队按照伊伎岛主所指的方向继续南行。

转眼航行半月有余，站在船舷上的徐福对身边的荀憬说："离开伊伎岛已经多日，尚未见神山踪影，航向没有问题吧?"荀憬抬头看了看太阳的位置，又向大海深处细细观察了一番后答道："航向应该没错，茫茫大海，烟波浩渺，瀛洲再大也如沧海一粟，还需细心寻找。"

　　站在一旁的齐钧有些焦急地插嘴说道："以往治神仙之道者多是自主入海寻仙，即使找不到神山也无人在意。可咱们这次是奉皇命而来，若不得其果并长久不归的话，那可是欺君之罪啊。"徐福和荀憬听了这话后相互对视了一下，但都半天沉默不语，因为这种担心也是他们的共同感受。

　　船队继续向东南方向行进，周围是碧波万顷的蔚蓝色海洋，远处是形状各异的云朵。海面上风平浪静，人们悠闲地在甲板上聊天儿晒太阳，孩子们则在欢声笑语中相互追逐玩耍着。厨房那边正在做饭，缕缕炊烟夹着饭菜的香味儿弥漫着整个天空。

　　不一会儿，各船上响起了叫人吃饭的锣声。大家热热闹闹地开始吃午饭，吃着吃着突然听有人喊道："快看，快看！那是什么？"大家随着喊声朝大海远处望去，然后不约而同地惊呼起来："神山?！好像是神山！"

　　喊声迅速传遍整个船队，也惊动了徐福和齐钧、荀憬。他们放下饭碗站起来朝喊声的方向望去，无论是船头还是船尾，人们也都把目光投向了远方。透过他们的身影，可以看到前方仿佛有个如高山形状的东西，朦朦胧胧地呈现在远远的地平线上。

　　荀憬转身兴奋地对徐福说："徐大人，功夫不负有心人，这大概就是我们要找的神山！"徐福什么也没说，他用手轻轻擦了擦眼睛极力辨认着前方，那个高高耸起的东西既像高山又像云团。机不可失，时不再来，徐福心想前方无论是何物，只有接近才能知道它的真相。于是他对齐钧、荀憬等人说道："全速前进，尽量靠近那个像神山一样的东西！"

　　各船接到命令后立即行动起来，正在吃饭的人们也放下了饭碗，有的调整风帆，有的奋力摇桨，有的把童男童女召集在一起准备祭祀神山。徐福等人也没闲着，他们在大船上很快设好祭坛，并把童男童女召集过来，让他们跪在地上朝神山方向顶礼膜拜。

整个船队调整航线向神山方向航行，随着船队的靠近，被视为神山东西的轮廓逐渐清晰可见，上面锯齿状的东西似乎还是房屋楼宇。这时，海上泛起了薄薄的雾气，神山在云雾中忽隐忽现，宛如仙境一般。徐福和齐钧、苟憬开始朝神山方向闭目祈祷："苍天在上，神灵保佑，襄助我等，如愿以偿。"

就在徐福等人专心祈祷的时候，忽听周围一阵嘈杂声，一官员忙向徐福喊道："徐大人，徐大人，神山不见了！"徐福急忙把眼睁开举目望去，只见本已看得很清楚的神山早已被云雾淹没，眼前只留下了一片天水相连的地平线。

徐福以拳击掌，十分惆怅地叹道："苍天啊！神山为何与我等失之交臂！"

夜幕降临了，船队停泊在漆黑的大海上，只有星星点点的灯光在渺茫的海面上闪耀。徐福和齐钧、苟憬几个人坐在屋里，发呆地看着跳动的烛光。

过了半晌，苟憬对徐福说道："徐大人，自古相传海上有海市蜃楼，齐国旧地芝罘山一带还会不时显现，今天看到的东西或许就是人们说的海市蜃楼。"徐福若有所悟地点头说道："看来海市蜃楼并非虚传，白天看到的如果是海市蜃楼，那难以靠近也就可以理解了。"在一旁的齐钧也说："海上现神山，是个好预兆。我们依然继续南行，按着原定目标去寻找吧。"

夜半三更之时，海面上突然乌云翻滚，电闪雷鸣，狂风大作，雨倾如注。船队被海浪高高掀起，猛烈地颠簸摇晃着。昏暗的船上出现混乱，船舱里正在睡觉的人们在摇晃中被惊醒。当班的船员们匆忙跑到船舷要看个究竟，但立即被狂风巨浪吹打得东歪西倒。

　　船舱里的齐钧一边扶起被摇晃翻倒的蜡台，一边对身旁的徐福说道："徐大人，恐怕又遇到了台风，而且风势好像很猛。"徐福扶着墙壁勉强站住，奋力朝门口喊道："来人！传令各船，都到底舱躲避，不得擅自行动！"

　　人们纷纷从上面下到了底舱，与装在底舱的猪、马、牛、羊混在了一起。挤在最里面的孩子们在摇晃中滚成一团，哭喊声响成一片。还有人禁不住风浪的颠簸，忍不住大口大口地呕吐起来。

　　狂风暴雨整整吹打了一夜，在东方地平线上泛出了鱼肚白时，海面逐渐恢复了平静。空中大块云朵随风迅速移动着，徐福船队起航继续向东南方向航行。船舱里的徐福显得十分疲惫，他用毛笔在记录出航天数的本子上又添了一笔之后，拖着略显沉重的脚步来到了船头，站在那里观看着四周船队的情况。

　　这时荀憬走了过来，对徐福说道："徐大人，转眼时节已经进入初夏，恐怕以后不断会有台风袭来。"徐福带着担忧的表情说道："离开琅邪，已有数月，虽说粮草充足，但人已经疲惫不堪。"荀憬走上前说："早上清点了一下船队，发现有的已经进水，有的已被暴风吹散，如不尽快上岸，恐怕会出现种种危险。"

　　齐钧也来到了徐福身边说道："徐大人，茫茫大海，漫无天际，咱们一个劲儿地南下，已无法估计与大秦的距离。如再遇风暴，会不会归路难返啊。"徐福听出荀憬和齐钧对继续航行存在着种种担忧，他凭栏远眺，目光坚定，斩钉截铁地说道："奉旨出航，只能前行，不可退却！"

　　又是几天过去了，徐福船队依旧按照原定方针继续朝东南航行，在茫茫大海中寻找着神山的踪影。大船甲板上人头攒动，有的在打扫舱内舱外，有的在晾衣服，有的在修理门窗，还有的在做饭……大家都各自忙着自己的事情，唯有分乘在船上的孩子们天真无邪地玩耍着，跑来跑去欢声一片。

徐福和齐钧、荀憬坐在船头边瞭望大海边闲谈着。徐福喝了一口茶，然后笑着对大家说："虽说天有不测风云，但风平浪静的日子还是多的。"齐钧知道徐福是在敲打自己昨晚说了丧气话，便略显惭愧地拱手对徐福说道："徐大人所言极是，但不测风云劈头而来时，还真有些令人闻风丧胆啊。"

徐福听后脸上露出了似笑非笑的表情，一旁的荀憬觉得两人的这个话题有些令人尴尬，于是调侃地插话说："风云可以突变，但意志坚定难移，只要同心同力，老天又奈我何？"徐福和齐钧听了这话，都哈哈大笑了起来，三个人又接着喝茶闲聊起来。

船队继续扬帆向东南方向航行，船夫们在两旁奋力摇桨，乌云已被吹散，远远的地平线尽收眼底。夕阳西下，海面上洒落着金灿灿的缕缕阳光。透过船队只见到远处的地平线上渐渐现出一条黑乎乎的条状东西。舵手察觉到黑线状的东西后觉得有些蹊跷，立即向大船船长报告："船长，你看，前方好像有什么东西。"

大船船长顺着舵手手指的方向看去，在天边云层下面确能看到一条又粗又长稍有隆起的黑线。大船船长观察了许久后说道："确实有一条长长的黑线，但既不像山，也不像岛，会不会是堆积的乌云。"大船船长指示舵手边航行边注意观察前方的动态。

船队继续向南航行，左侧西面的天空已经被晚霞染红，一轮圆圆的犹如胭脂般的太阳挂在半空中，刚才看到的地平线上的黑线随着船队的接近而逐渐隆起。舵手再次向大船船长报告："船长，快看，前方出现的似乎是陆地！"

大船船长这时也看清了前面的陆地，因为黑乎乎的条状物不仅平坦地缓缓隆起，而且两边看不到尽头，可以判断它多半是一片宽广的陆地。大船船长很快向徐福做了报告，被叫来的徐福和齐钧、荀憬等人一起站在船头向前观望，大船船长对徐福说："徐大人，从形状上看前方的确是一片陆地。"

徐福等人一并向前望去，仔细观察着前方宽广的地平线，心里觉得十分奇怪。徐福一脸担忧地说道："茫茫大海上有岛屿很正常，为什么会遇到大片的陆地？该不会我们被飓风吹得迷失了方向，转了一圈又回到大秦了吧？"

荀憬两手扼腕十分担忧地说："出海前曾向皇上发誓，找不到神山誓不归还，可现在……"站在一旁的齐钧也说："如果就这么稀里糊涂地返回大秦，肯定会获欺君之罪啊！"徐福没说什么，他不相信经过数月向南航行，居然会转回了原地。但海上有山有岛都可以理解，遇到陆地的确是非常难以想象的。

徐福觉得目前别无他法，只能靠近那片陆地看个究竟，于是用低沉而坚定的声音对大船船长说道："继续前进！"

船队渐渐靠近陆地，到了跟前之后，海岸、树木、山峦等都慢慢呈现在了人们面前。这时，所有船只上的人们都开始骚动起来，似乎是在绝望中捞到了一根救命稻草，也像在漫漫黑夜中见到了一线光明。

站在船头的徐福一边全神贯注地瞭望前方，一边对身旁的齐钧和荀憬说："好大的一片土地啊，但荒无人烟，不像是秦土，会不会是伊伎岛主告诉我们的瀛洲？"齐钧和荀憬听了徐福的话后什么也没说，只是眯起双眼仔细观察着前方的各种景物。过了好一会儿，齐钧和荀憬都表示赞同徐福的看法，于是决定首先登上眼前这片陌生的土地探个究竟。

船队来到岸边，周围乱石翻滚，杂草荒芜，见不到一点儿有人的踪迹。各船陆续靠岸，兵士们顺着梯子先从船舷下来，三五成群地蹚着海水朝岸上走去探路。徐福等人也从乘坐的大船上放下的小船来到岸边，小心翼翼地踏上了这片生疏的土地。

前去探路的兵士返了回来，向徐福报告说过了海岸线前面是一个开阔的平野。徐福听后决定让所有人都下船到平野上宿营扎寨，一边休息，一边查看周围的情况。大队人马很快就聚集到了一起，穿过海岸线后来到了平野地带。徐福举目望去，一望无际的原野从脚下展开，不远的地方绿树成荫，鲜花遍地，一派初夏景象。

徐福迎风解开衣襟，有些兴奋地对大家说道："这里好像是个不错的地方。"荀憬环视了一下四周对徐福说道："徐大人，眼前原野无边，远处山峦起伏，看来是个幅员辽阔的地方，不妨先安顿下来看看情况再说。"徐福点头表示赞同荀憬的意见，并用手指着层峦叠嶂的远山说："这里或许就是我们要找的瀛洲，那边说不定还有神山和仙药。"

徐福船队全部上岸后，在落日余晖中的平原上扎起了大小无数的营帐。接下来是炊烟四起，杀猪宰羊准备晚饭。远处还有放马的，也有把猪羊往圈里赶的，更有很多孩子在草地上追逐玩耍。

徐福等人围坐在营帐里商议着今后的事情，徐福说："估计这里是海边才荒无人烟，咱们如果往里走走，说不定就会遇到人，也好打听一下这里到底是个什么地方。"齐钧边喝茶边说："徐大人，咱们对此地人生地不熟，大队人马不可贸然深入，还是明天先带人前去探探路吧。"徐福举目向陆地深处望了望，点头说道："今日天色已晚，让各船人员好好休息，明日带上一些精兵去里面打探一下。"

第二天吃过早饭，徐福几人带着一些兵士出发了。沿途树木丛生，兵士们在丛林中斩草开路，徐福等人骑马跟在后面。从徐福等人的背影望去，浓密的树林中已经开出一条又细又长的小路。徐福骑在马上，望着眼前茂密浓郁昏暗无光的树林，心里不觉有些发慌。

徐福勒马停了下来，转身对跟在后面的齐钧说道："齐大人，咱们已经走了大半晌，但仍未穿出这片林子，不知还要走多久才行？"齐钧抬头看了看天空，也感到担心地说："就是啊，如果走不出去，林中又难以宿营，要不咱们先……"

未等齐钧把要不先返回再说的话说完，只听前面有兵士喊道："有人！快出来！"徐福等人被喊声吓了一跳，不约而同地抬头向喊声的方向望去。就在这时，一些兵士已经压着一个衣不遮体胡须满面的人走了过来。

兵士们把那个人按倒在徐福面前说道："报告徐大人，我们抓到了一个不明身份的人。"徐福在马上看着跪在地上浑身打战的人问道："你是干什么的？为何会在林子里？"跪在地上的人不断磕头作揖，慌忙答道："小人名叫王炎，是在这里打猎找吃的呢。"

徐福听此人如此说，而且还觉得口音很熟，便接着问道："你叫王炎？是哪里人？"自称叫王炎的人俯首答道："回大人，小人本是齐国的渔民，出海打鱼时遇到飓风被吹到了这里。"徐福听后问道"原来你是齐人？是什么时候被飓风吹到这里的？"王炎叩首答道："回大人，这个小人实在是记不清了，因为漂流到此已经过了不知多少个春夏秋冬了。"

徐福接着又问："哦，那就是说有很多年了。齐国已被秦国所灭的事是否知道？"王炎答道："小人原本就是一介草民，并在此苟活多年，早已不知中原之事。"徐福听了王炎的话后向他解释道："我们原来也是齐国人，现在各国都已被秦国灭掉，天下统一后，我们是奉秦始皇之命前来寻仙采药的。"

王炎得知徐福一行也是齐人后，不禁颇为感激涕零地说道："实不相瞒，刚才小人听大人说话就觉得口音亲切，没想到大难不死，还能他乡遇故人啊。"徐福翻身下马，双手将王炎扶起，一边端详着他的脸一边深情地说："我叫徐福，在这相遇可谓同是天涯沦落人，幸会，幸会啊！"

齐钧和荀憬等也都从马上下来，围在王炎身边。荀憬一边感慨一边急切地问道："请问这位乡里，我们在林中已经行走多时，还有多远才能走出去？"王炎答道："已经没有多远了，我就住在林子那边，我带你们出去，用不了多长时间。"

在王炎的带领下，徐福一行顺利走出了密林，来到了一片开阔地带。王炎把徐福等人领到一个用木桩高高架起的小屋前说道："这里就是小人的栖身之地。"徐福等人围着王炎的小屋子转了一圈，有些迷惑不解地问道："为什么要把房子高高架起来呢？"

王炎对徐福说："回徐大人，小人刚漂流到此地时，按照咱们齐国的样子在平地上盖了一个房子。没想这里人烟稀少，平时总有害虫钻进来不说，遇到飓风暴雨时大水还会淹进屋来。"徐福听了以后才想到问王炎："原来如此，这么说这样盖房子是当地的样式了？请问这位乡里，这是个什么地方？为什么就你一个人？"

王炎指着周围说道："不瞒大人说，小人刚被暴风吹到这里时也不知道是个什么地方，后来被这里的人给抓住了，才知道这里叫作末卢国。"站在旁边的荀憬好奇地问道："叫末卢国？他们的人呢？为何就你一人在此？"

王炎答道："他们的人都在远离这里的山上，那里住着很多人，而且还有个大王。平时除了进山打猎，就是下海去抓鲍鱼什么的。"徐福凝望着远处的山峦，心想若要长期逗留此地寻仙采药，必然要与这个叫作末卢国的打交道。徐福又问王炎："我想去拜见一下这个末卢国大王，乡里可否给引荐一下？"

王炎一听徐福要他帮忙引荐末卢国大王，连忙摆手皱着眉头说道："徐大人，不是小人不为大人出力，只是我来此多年跟末卢国的人很少往来，也从未见过他们的大王。"徐福显得有些不解地问道："同在一片土地生活，为什么会老死不相往来呢？"

王炎连忙点头答道："正如大人所说，只是漂到此地时被他们抓去过一次，还差点儿丢了性命。"徐福问道："为什么会是这样？"王炎带着满脸惊吓和后怕的神情对徐福说："末卢国的人崇强凌弱，抓到外人一般都用来祭神。我被他们抓到后也是用来祭海神扔到了海里，多亏会水才得以逃生。"

徐福又问道："如能死里逃生，末卢国的人就不会再追杀了吗？"王炎答道："是这样的，被扔掉祭神后他们看你能死里逃生，不被猛兽吃掉或淹死，就会认为你很强，以后也就不再管你了。"徐福听后再次望了望远处的群山，然后自言自语地说道："原来如此，看来要想找到神山，首先得降服这个崇强凌弱的国王。"

徐福赠剑

徐福船队的大队人马之后也陆续穿过海岸浓密的树林，在一片开阔的土地上宿营扎寨。一顶顶营帐整齐地排列在那里，周围插满了写着大大"秦"字的旌旗。一切就绪后，徐福准备让王炎带路去末卢国会会那里的大王。大营门口聚集了很多人马，徐福一行整装出发，在王炎的带领下向远处的群山峻岭方向挺进。

初夏的原野新绿满目，百花齐放，浓郁飘香。经过大半天的长途跋涉，徐福一行来到了山脚下。王炎望着山上，有些胆怯地用手指着前方对徐福说："徐大人，山那面是末卢国了，小人真有点儿害怕。"

徐福笑着问王炎："害怕？为什么？"王炎朝着徐福苦笑了一下，吞吞吐吐地小声说道："我怕再被他们抓去祭神……""哈哈哈……"徐福爽朗地笑了起来，一手拍着王炎的肩膀安慰他说，"放心吧，这回又不是让你一人上山，咱们这么多人，你还怕什么。"

徐福一行开始上山，沿着崎岖的山路向上攀登。走着走着突然听到有人高声喊道："站住！你们是干什么的？"徐福等人被静静山

84

中的突然喊声吓了一跳，定神看去，只见几个身穿蓑衣，手拿长棍的壮汉站在那里拦住了去路。

走在最前面的王炎先是往后退了几步，一边往徐福等人的身后躲一边结结巴巴地说道："徐、徐大人，他们就是末、末卢国的人……"未等王炎说完，徐福带领的几名兵士已经横刀冲到了最前面。徐福安慰王炎不要怕，让他先跟对面的壮汉打个招呼。

王炎心有余悸进退两难，但又无奈，只好冲着几个大汉喊道："各位壮士，是我啊，前些天还来给你们送鱼的王炎！"几个壮汉听后仔细地看了看王炎，然后说道："哦？真是鱼腹逃生的王炎啊。从哪儿带这么多人来闯山门？"

王炎抬头看了看徐福，对壮汉的提问一时不知从何答起。这时，徐福向前走了一步并拱手说道："几位壮士，我们是从大秦来此寻仙采药的方士，想拜见一下你们的大王。"王炎也赶紧指着徐福等人添油加醋地说道："对，对，他们是从我故乡来的，想见见你们大王。"

壮汉一听王炎不但带着陌生人来闯山门，而且还大言不惭地提出要见大王，于是带着几分鄙视的笑声说道："哈哈哈，要见我们大王？费那事干啥，把你们直接扔到林子里祭神就是了。"

徐福见末卢国的人如此无礼，心中顿时火冒三丈。本想让兵士们去砍杀这些狂妄之徒，但转念一想不能为这几个无名小辈耽误了自己的大事。于是向面前的几个人说道："各位壮士，我们是远渡重洋才来到贵地的，此次是专程拜访，有要事请你们大王帮忙，还烦通报一下。"

其中一个壮汉见徐福还是要见末卢国大王，冷笑了一声说："我们大王说了，无论什么人，只要能从我们这过去都可以见。"徐福听壮汉这么说，于是拱手请求道："那就请诸位高抬贵手，让我们过去吧。"

　　壮汉见徐福只是拱一拱手就要从这走过去，忙举起手中的棍棒将他们拦住说："慢！你们能不能过去，得看它让不让！"徐福见状，知道这伙人是要用武力说话，便转身对荀憬说道："叫个人来跟他们较量一下，但尽量不要伤着他们。"

　　徐福的人都向后退了回去，眼前腾出一块很大的空地。双方围成了一个半圆，荀憬叫来一名兵士手持利剑站在了中间。末卢国的几个人一看徐福只叫来一个人跟他们较量，眼里露出了鄙视的目光。

　　就在这时，只听兵士一声怒吼："你们看好了，这是什么?!"并随声把手中的利剑狠狠地插在了地上。末卢国的几个壮汉看看在地上颤抖并发光的利剑，不由把身子向后斜了一下，带着几分胆怯说道："你，你别拿这家伙吓唬我们。兄弟们，上！"

　　几个壮汉挥舞着棍棒一齐向兵士扑来，兵士低身将剑从地面抽起来并向飞来的木棒挥去。只听"咔嚓""咔嚓"的几声响，末卢国壮汉们手中的木棍早已被利剑切成两截，断掉的部分向四处飞散而去。末卢国的壮汉见手中棍棒被削泥般地切成两截，顿时吓得目瞪口呆，张着大嘴半天没说出话来。

　　惊愕之后他们又随手从地上拿起用草绳编的套子一齐向兵士抛去，兵士身上立刻被套上了几重绳索。几个壮汉见用绳索套住了兵士，转身拉着就跑，想把兵士拽过去抓住。兵士一面用力挺身站稳脚跟，一边挥剑向绳索砍去，只见草绳"唰"地应声断掉，几个壮汉连滚带爬摔倒在了地上。

　　站在那里的兵士哈哈大笑起来，末卢国的壮汉爬起来刚要跑，但一想不对劲，又都转过身来拉着架势要与兵士再次决一雌雄。兵士怒目圆睁，高声喝道："还要较量？看我怎么收拾你们！"兵士抢起宝剑刚要朝末卢国的人砍去，站在一旁的徐福举手拦住兵士说道："慢着，待我跟他们说话。"

徐福面对几个想打又不敢打的壮汉说道："我们无意伤害你们，只是想请壮士为我们引见你们的大王。"末卢国的几个人见徐福这么说，相互看了看自觉无奈，便跟徐福商量说："见我们大王可以，但你们不能带太多的人。"

徐福立刻表示说："好啊，我们就带几个人，其他的都留在这里。"刚才的兵士觉得很不放心，说道："徐大人，这些人不知底细，还是多带一些人去吧？"徐福抬手拦住兵士说："不用怕，我看他们也不是那种玩弄伎俩的龌龊小人。"

徐福转身向荀憬交代了几句，让他和众人在此等候他的消息。之后，徐福和齐钧带着几个随身兵士在末卢国人的引导下向山里走去。

曲折深邃的山路又细又长，周围树木茂密，两侧怪石嶙峋。徐福和齐钧边走边观察着周围的情况。走了好一会儿之后，一片裸露在山坡上的红赭石映入了他们的眼帘。齐钧指着红赭石低声对徐福说："徐大人，你看，估计此山矿藏丰富，适于冶炼啊。"

徐福停住脚步，顺着齐钧手指的红赭石方向望去，自言自语地说道："嗯，不但适于炼铁，或许还能炼出仙丹。"走在前面的末卢国壮汉回头看见徐福等人站在那里徘徊不前，高声喊道："要见我们大王还不快点儿？怎么？不敢去啦？"徐福和齐钧被喊声提醒，紧走了几步跟了上去。

徐福等人跟着末卢国的壮汉翻过一个山头，来到了下面群山环抱的一片平原。平原上有很多矮小的房屋，也都和王炎的房子一样被柱子高高架起的，中间最大的一个是末卢国大王的宫殿。

徐福等人随着壮汉走进了宫殿，只见地面由各种兽皮铺成，四周墙壁上挂着一些鹿角和珊瑚。末卢国大王坐在中间，个子不高，方脸圆眼，正用一双陌生加好奇的目光盯着走进来的徐福。

　　徐福来到大厅的中央，拱手向末卢国大王拜道："大秦方士徐福拜见末卢国大王。"末卢国大王望着徐福，似懂非懂地问道："你叫大秦方士徐福？这是什么名？怎么这么长？"徐福拱手答道："回大王，大秦是国名，方士是我的职业，徐福是我的名字。"

　　末卢国大王听后好像明白了一些，接着问道："大秦是什么国？在什么地方？"徐福答道："回大王，大秦乃天下大国，在汪洋大海的彼岸。"大王听后睁大眼睛惊疑地问道："什么？在大海彼岸？大海怎么会有彼岸？莫要诳骗本大王。"

　　徐福拱手镇静地说道："回大王，大海确有彼岸，我们就是乘船远渡重洋来到这里的。"末卢国大王见徐福说得有条有理，只好又问道："你说你是方士？方士是干什么的？"徐福拱手答道："徐福确是方士，方士是信仰神仙之道，并上通天文下达地理的有识之士。"

　　末卢国大王听不太懂徐福对方士的解释，但又怕被人笑话不敢贸然相问，他环顾了一下左右，手下的其他人都露出一副懵懵懂懂的神情。末卢国大王把话题一转，对徐福说道："刚才小的来报，说你的人带着无坚不摧的神器，是个什么东西，拿来让我看看。"

　　徐福和齐钧相互看了一眼，知道末卢国大王指的是刚才双方较量时兵士用的那把利剑。徐福示意旁边的一兵士把腰间的剑解下来，然后拿起双手举起说道："回大王，并非什么神器，只是一把利剑。"

　　大王接过下面的人递上来的利剑，拿在手里仔细端详起来，看了半天然后对徐福说道："这东西怎么又硬又沉？好像不是用木头做的嘛。"徐福一边看着国王手里的利剑，一边拱手说道："回大王，此剑非木头所制，而是由铁做成的。"

末卢国大王还是第一次听到"铁"这个字眼，觉得十分陌生和不解，他用手指弹了弹剑身，随即发出了清脆的响声。大王抬头继续问道："铁是何物？从哪儿弄来的？"徐福答道："回大王，铁不是从哪儿弄来的，而是用石头在烈火中烧炼出来的。"

末卢国大王一听完全傻了，简直不敢相信自己的耳朵。因为石头就是石头，怎会炼出铁来？末卢国大王带着怀疑的目光盯着徐福说："石头可以炼成铁？你是不是在诳骗本大王？"徐福认真地对末卢国大王说："回大王，徐福承蒙大王好意方得进山拜见，心中感激不尽，怎敢口出虚言诳骗大王呢？"

大王听徐福如是说便低头沉默不语，不断掂量和抚摸着手里的利剑，对这把无坚不摧的东西从心里感到喜爱。他灵机一动想了个主意对徐福说："既然你这么说，我也就信了。可否请徐先生在敝处多住几日，让本大王亲眼看看石头是怎么炼成铁的？"

徐福心知大王对利剑非常喜欢，也明白大王这是要把他们扣在这里看个究竟，于是毫不犹豫地对大王说道："大王热情好客，徐福自然要以礼相报，这把利剑先放在大王这里，如徐福所言有虚，任凭大王处置。"

大王见徐福如此爽快，转身对左右说："来人，安排客人住下，好好款待。"徐福一边拱手向末卢国大王表示感谢，一边请求道："把石头炼成铁需要火炉和工匠，请大王允我派人把他们运上山来，然后为大王炼铁。"末卢国大王一听自然喜出望外，立即满怀欢喜地应允了徐福的请求。

在一座小山旁，徐福叫来的工匠正领着一些末卢国的人在采集红赭石。大块深红色的赭石采掘出来后装在了车上，站在旁边观看的末卢国大王对徐福说："我早就觉得这里的石头颜色奇怪，和别处的大不一样。"

徐福顺手从车上拿起一小块赭石，递到大王面前说："大王请看，这种石头叫赭石，里面红色的东西就是炼铁的原料。若是用烈火冶炼，就能从中取出铁来。"大王从徐福手里接过赭石仔细端详了一番，相信徐福所说是真的，但心里仍是想象不出如何将石头炼成铁的样子。

在末卢国宫殿前的大院子里，徐福带来的工匠搭起了一座高高的炼铁炉。高炉旁边是一排大风箱，附近堆满了赭石和木材。工匠们挑着扁担将赭石放进了高炉，然后又往炉底塞满了木材。

一名工匠把火点燃后高声喊道："大家使劲拉风箱，把火烧得旺旺的！"拉风箱的人们齐心合力地拉了起来，炉火越烧越旺，高高的火苗腾空而起。过了一会儿之后，炉中的赭石开始在烈火中熔化，火红的铁水顺着炉底流了出来。

工匠用大勺子将铁水倒入一个个事先准备好的长条沙坑里，这时徐福对站在旁边观看的末卢国大王说："大王请看，红色赭石中含有很多铁的成分，在炉中用烈火冶炼，便会熔化成铁水流出，再把铁水灌入沙坑，成型后利剑就铸造而成了。"

徐福又陪同末卢国大王前来观看造剑的情况。工房里炉火正红，熊熊火焰里放着很多根细长的铁条。当徐福他们走到火炉跟前时，徐福指着火里一根略粗的铁条对工匠说："就用这根铁条给末卢国大王打一把宝剑。"

工匠迅速从火中将烧得通红的铁条取出，然后放在铁砧上，工匠们立即抡起锤子敲打起来。铁条随着叮叮当当的响声火花四溅，没多大工夫，一把黑黝黝的铁剑成型了。工匠再次把黝黑的铁剑放入火炉，待其完全被烧红后取出一下放入事先准备好的水中。随即发出"刺啦"一声，一股白烟向上冲起，铁剑在水中顿时又变成了黑色。

工匠将铁剑从水中取出，只见黝黑的剑上爆裂着一层薄皮。工匠将薄皮去掉，然后拿到一块大磨石上磨了起来。黝黑的铁剑在霍霍的磨刀声中逐渐变得雪亮，一把笔直挺拔、寒光四射的利剑做好了。

徐福接过工匠手中的宝剑仔细端详了一会儿，然后露出了满意的笑容。他把宝剑放进一个精致的剑鞘里，并双手递给了末卢国大王："大王，宝剑已经完成，请笑纳。"末卢国大王恍如从梦中醒来一般慌忙接过宝剑，"刺啦"一声抽出半截看了起来。

末卢国大王对徐福赠给自己的宝剑爱不释手，左看右看不肯收起来。站在旁边的徐福说道："大王，宝剑是否锋利，可到外边一试。"末卢国大王这才醒悟过来，跟着徐福走了出去。

外边有很多人正在用石斧砍树采集木材，徐福走到一棵碗口粗的树旁对大王说："送给大王的这口特制宝剑所向披靡，请大王现在就在这棵树上初试锋芒吧。"末卢国大王点头表示同意，并抽出宝剑向小树砍去。只听"唰"的一声，小树被拦腰断掉，上面的一截垂直落在了地上。大王带着惊喜的神情看着徐福，连声说道："好！好！好剑啊！"

末卢国大王得到徐福相赠的宝剑后，终日爱不释手，与徐福等人相处甚欢。徐福在得到末卢国大王的许可后，将船队又向里面移动一些，来到了山脚下的平原地带。船队在这里扎起了无数营帐，周围依然插满了写着大大"秦"字的旌旗。营区里车来人往，炊烟四起，一片生机盎然的景象。

徐福和齐钧、荀憬等人在营帐的中间行走，察看着船队安顿的情况。徐福问跟随其后的官员："人员物资清点得怎么样了？"随行官员忙拱手答道："回徐大人，除六艘船不知被飓风吹到何处以外，其他船只都已汇集到了这里。"徐福回身望着远处茫茫大海的方向，自言自语地说道："历时数月，饱经风浪，多数船只保持完好实属不易。"

荀憬走上前来，一边指着远处连绵起伏的山峦，一边对徐福说："徐大人，此处地域辽阔，峰峦叠嶂，草木丰厚，民风淳朴，颇似传说中的瀛洲胜地。"徐福环视了一下周围的环境，点头表示赞同荀憬的说法："如是瀛洲就会有神山，我们可向末卢国大王打听一下，看看能否得到有关神山的消息。"

一切安顿好后，末卢国大王大摆酒宴招待徐福船队。大家席地而坐，末卢国和徐福船队的人推杯换盏，手拿大块烤肉吃得正香。末卢国大王一手拿刀切肉一边兴奋地说："以前我们吃肉都是咬着吃或用手撕着吃，这回有刀了，吃起来真来劲！"

徐福带着自豪的口气对末卢国大王说："正如大王所说，铁这个东西用处十分广泛，不仅可做刀剑，还可以做各种炊具农具，会给生活带来很大方便。"末卢国大王边吃着肉边对徐福说："徐大人到此让我们见识了不少，以后就住在我们这里别走了吧？"

徐福放下手中的酒杯，拱手答道："多谢大王一片深情厚谊，贵地酷似我们方士所传的瀛洲。徐福打算尽快找到神山，采到长生不老仙药回报大秦皇帝。"末卢国大王听徐福如此说，沉思片刻略感遗憾地说道："徐大人来此肩负重任，本大王深表理解。"

徐福一边为末卢国大王斟酒，一边表示感谢说："谢大王宽容之心，我等准备把这里作为寻仙采药的大本营，然后分兵几路从海上陆路寻找神山。"末卢国大王听后连忙摆手说道："徐大人仁义宽厚，心怀坦荡，本王自当鼎力相助。这里崇山峻岭确实不少，但多路途难行。这样吧，我们这有一父女精通采药治病，让他们给徐大人做个向导如何？"

徐福正愁初来乍到，人地两生，不知下一步该去何方寻仙采药。听末卢国大王有意给自己介绍当地的采药之人，立刻喜出望外拱手说道："徐福正为如何寻仙求药一事发愁，多谢大王慨然相助。"末卢国大王没说什么，立即向身边的人吩咐了几句。

不一会儿，一个头领模样的人带着一老一少走了进来。两人走到大王跟前，跪地俯首说道："小人叩见大王。"末卢国大王用手指着两人对徐福说道："他们就是帮徐大人采药的父女，一个叫源藏，一个叫阿辰。"

源藏和阿辰一听马上把头转向徐福，边拜边说："小人拜见徐大人。"末卢国大王向源藏和阿辰说："这位是从大海对面来寻仙采药的徐福先生，你们一定要全力相助。"源藏和阿辰父女又转向大王拜道："是。"

金立山寻仙

徐福船队的营帐散落在山脚的平原上，人、马、牛、羊等随处可见，周边插着的"秦"字旌旗随风飘动，十分显目。营帐里，徐福坐在大堂上，已经换上秦人服装的源藏和女儿阿辰跪拜在地上说："我父女奉大王之命伺候徐大人，有事尽管吩咐。"

徐福起身走了过去，把源藏父女二人扶了起来，并用温和的语气说道："快起来，我徐福造访贵地，能得你父女相助，是求之不得的。"父女二人站了起来，源藏怀着感激的心情对徐福说："谢徐大人厚爱，我父女虽不才，愿为大人效劳。"徐福拱手微笑着说："既然大王让你们到我这里来，今后咱们就是一家人了，不必客气，不必客气。"

这时，齐钧和荀憬从外边走了进来，源藏父女连忙行礼向他们致意，然后退到了营帐的一边。齐钧、荀憬坐下后，徐福跟他们共同商量如何进山采药的事情。源藏坐在一边听着，女儿阿辰则十分有眼力见地为大家送上了热茶。

徐福喝了一口茶后对大家说道："我们来此地转眼已是多日，人

94

员也都安置妥当。下面要做的事有两件，一是盖房筑城修建大本营，一是尽快进山寻仙采药。"齐钧拿出一张自己手绘的地图放在桌上，一边用手比画着一边对大家说："这一带的平原不仅开阔广大，而且气候温和，水草丰盛，很适于作为我们寻仙采药的基地。我已吩咐百工各勤其事，尽快建好大本营。"

荀憬边看齐钧绘制的地图边说："几天来我到处转了一下，这一带依山傍海，河流纵横，非常适于人居。现在正值初夏，应抓紧时间种植五谷，繁殖牲畜，建房织布，准备秋后过冬。"徐福点头表示赞同大家的意见，说道："寻仙采药亦须兵马未动，粮草先行。有了大本营做保障，我们四处寻仙采药就可无后顾之忧了。"

荀憬跟徐福商量说："徐大人，修建大本营和种植五谷、养殖家畜等都需要时日，是否今年先把生活安顿好，待明年开春再去寻仙采药？"徐福听后低头沉思片刻，然后对大家说："此次寻仙采药是奉旨而来，不可有片刻耽搁。虽说一切尚未就绪，不宜远行跋涉，但眼下可先从四周找起。"

齐钧觉得徐福说得很有道理，但还是有些担忧地说道："徐大人所言极是，但周围都是群山峻岭，似乎漫山遍野去寻仙采药也不是上策。"徐福听后把目光落在了站在旁边的源藏身上："源藏，你经常在附近山上采药，可否有什么长寿仙药？"源藏见徐福突然问起自己，慌忙拱手答道："徐大人，在下虽然在此采药多年，但都是用来医治头疼脑热的。徐大人要找的是长生不老的仙药，这个我实在不知道。"

徐福见源藏很为难，点头表示理解并安慰他说："长生不老之药确为世间罕见之物，所以我们才远渡重洋到此寻找。方士信奉神仙之道，相信找到仙人就能得到仙药。"源藏听后感到很是不解，张了半天嘴才一脸迷惑地问道："得先找到仙人？敢问徐大人，这仙人又是什么样的人？"

徐福对源藏解释说："简单说来，仙人就是身居仙境，深得仙术，长寿不老的人。"源藏听后觉得有些明白了，一边低头沉思一边自言自语地叨咕着："长寿不老的人……"

过了一会儿，源藏好像突然想起了什么似的，带着几分兴奋的语气对徐福说道："徐大人，说起长寿的人，我进山采药时还真遇见过一个。"徐福一听立刻兴趣大增，他下意识地把身子探向源藏问道："噢？长寿的人？大约多大岁数？"源藏边回忆边对徐福说道："我小时候见到他时就已是白发苍苍，听我爷爷说几代人都知道他，这样算来至少也得有个几百岁吧。"

徐福一听有些喜出望外，尽管源藏说的几百岁不及方士所传的彭祖，但也算是老寿星了。徐福接着又问："若有几百岁，可谓是个长寿的仙人了。他现在什么地方？能带我们去见见吗？"源藏用手指着窗外的远山对徐福说道："回徐大人，那个白发老人就在那边的山里，我可以带你们去找他。"

徐福和齐钧、荀憬听后都很高兴，几乎是异口同声地对源藏说道："太好了！事不宜迟，等我们安顿下来后，就立刻上山去找那个长寿老者。"源藏见徐福他们寻找仙人十分急切，当即表示这就回去准备一下，尽量早日出发，带大家到山里去寻找自己推荐的长寿老人。

转眼半月已过，山脚下的平原上盖起了许多房屋，四周壁垒森严，旌旗飘舞，作为徐福船队寻仙采药的大本营已初具规模。在一排房屋的附近，很多人正在忙这忙那。从一个敞开的窗户里，可看到阿辰正在跟一个织女在学织布。

织布的梭子在织女眼前左右飞动，随着织机不断发出清脆响声，一面写有大半个"秦"字的旌旗已经织出。阿辰在旁边聚精会神地看着，脑袋随来回穿动的梭子摆动着。过了一会儿，阿辰趁织女接线的时候问道："你织的是'Hata'吧？"

织女停下手来，反问道："'Hata'？'Hata'是什么？我现在织的是旌旗。"阿辰满脸认真地说："这不就是外边插有很多的'Hata'吗？我们这里管它叫'Hata'。"织女这才明白阿辰为什么管旌旗叫"Hata"了，心想这肯定是一样东西因地而异的两种叫法，于是说道："对，对，是在织'Hata'，因为我们每到一处都要在周围插上很多'Hata'，所以要经常织才行。"

阿辰很好奇地看着织女织Hata，觉得一根线拉来拉去能织出一块布很有意思。阿辰又问织女："这种东西只能织'Hata'吗？"织女看阿辰问起这个，便起身将她带到了里面的房间。房间里摆放着很多已经织好的东西，有旌旗，也有布匹，还有精美的丝绸等。

阿辰看看这个，摸摸那个，爱不释手地说道："真漂亮，真漂亮，这都是用织'Hata'的东西织出来的吗？"织女随手拽起一匹丝绸的布角，带着自豪的微笑对阿辰说："对啊，刚才那个东西叫织机，不仅能织旌旗粗布，就是这样精美的丝绸，只要下功夫也是可以织出来的。"

阿辰跟织女回到了织机旁边，阿辰表示要跟她学怎样织"Hata"，织女把梭子放在了阿辰手里，手把手地教她怎样穿梭织布。没过多长时间，阿辰已经掌握了织布技能，而且越来越熟练，几乎跟织女一样，梭子在两手间飞动，伴随着清脆又有节奏的声音织起布来。

夜幕降临，万籁俱寂，空中升起一轮明月。在月光照耀下，远处山峦的轮廓朦胧可见。山脚下平原地带的徐福船队大本营，四周篝火通明，房屋的窗棂中透出一些微弱的灯光。

徐福正在屋里伏案疾书，阿辰端着茶走了进来。阿辰把茶轻轻放在徐福身旁："徐大人，请喝茶。"徐福把毛笔在砚台里蘸了蘸，抬头看了一眼阿辰，微笑着说："既然大王把你派到这里，咱们就是一家人，以后就别叫我大人了。"阿辰带着羞涩腼腆一笑，端着茶盘探头看徐福写的东西，然后用略带娇嗔的口吻说："不叫大人可以，但我想跟徐大人学习写字，能叫徐大人为先生吗？"

徐福听了阿辰的话后直了直腰板，爽朗地笑了起来："哈哈哈，你可真是个好学上进的姑娘啊。才过来没几天，不但穿上了秦服，还学会了织布，现在又要学写字啦？"阿辰见徐福把自己到这之后的变化都看在眼里并一一点出，不好意思地腼腆一笑，说道："阿辰到这之后觉得一切都很新鲜，就像来到了一个新天地一样，所以什么都想学。"

徐福很理解阿辰的心情，虽说秦国和末卢国隔海相望，但在衣、食、住、行等各方面确实大不相同。徐福带着欣赏和赞扬的目光看着阿辰，颇为感叹地说："你说得很对，末卢国和我们秦国是有很多不同的地方，学学做饭或织布什么的可以理解，但为什么还要学写字呢？"

阿辰眨了眨眼睛，歪着头想了一下答道："我看这里到处都有文字，而且徐先生也经常伏案书写，可我什么都不知道，就连外边'Hata'上的字我都不认识。"徐福听了阿辰的话，有些不解地问道："'Hata'上的字？'Hata'是什么？"

阿辰用手向外比画了一圈答道："就是营帐周围插的那些长条状的东西啊，上面都写着这样一个字。"阿辰说完，示意徐福把手里的笔借她用一下。阿辰接过徐福的笔后，十分认真地在竹简上写了一个歪歪扭扭的"秦"字。徐福看了阿辰写的字后恍然大悟地笑了："这个字读'Qin'，是我们大秦的国名。"

阿辰听了徐福的解释后，对"秦"字更加感兴趣，双手把笔往徐福面前一递，半央求半撒娇地说道："那我就从这个'秦'字学起吧。徐先生，能教我吗？"徐福把阿辰递过来的笔推了回去，笑着说道："好，好，好，我来教你，但学字得自己写才行。"

阿辰坐在了徐福刚才写字的地方，徐福站在她的身后，一只手按着竹简，一只手把着阿辰拿笔的手写了起来，一个又粗又大的隶书"秦"字逐渐出现在了竹简上。阿辰十分满意地看着自己写的"秦"，并向徐福进一步确认，请他每天都教自己写几个汉字。

又过了些日子，徐福决定让源藏带路上山寻找仙人。这一天风和日丽，蓝天白云，远远望去，丛山峻岭在薄薄云雾中忽隐忽现、连绵起伏。徐福一行走在原野的小路上向大山的方向行进，徐福和源藏骑在马上，一同前来的其他人簇拥在他们的前后。

一行人走到了山脚下，再往前走是一条上山的小路，抬头望去，坡度很陡而且崎岖不平。徐福和源藏翻身下马，与众人一起开始向山上走去。源藏在前面带路，徐福拄着一根拐杖跟在后面。越往上走山路坡度越大，所有的人都累得气喘吁吁。

大家来到一块平地上，徐福回身眺望来时的方向说道："真可谓是望山跑死马，出了大本营整整走了三天才来到了这座山上。"源藏一边擦汗一边对徐福说："这次骑马来还算是快的，要是从末卢国走着来，没个四五天是到不了这里的。"

徐福抬头往山上望了望，问源藏："这里层峦叠嶂，我们要去的是哪座山呢？"源藏用手往高处一指说："回徐大人，我们要去的那座山叫金立山，是这一带最高最陡的山峰。"徐福看看路途尚远的山顶，问源藏："周围有那么多山，为什么偏要上那座？"源藏答道："徐大人不是要找长寿的仙人吗？这一带虽然到处都有草药，但我只在金立山一带见过我说的那个长寿老人。"

天黑了，徐福一行在上金立山的路上找了个山洞过夜。漫山遍野都笼罩在夜幕中，四周十分寂静，偶尔传来动物的叫声。漆黑的夜晚伸手不见五指，唯有山洞中露出些许微弱的光亮。

大家在山洞里点起篝火，把炊具架在上面做饭。简单的饭菜做好后，源藏端着一碗白米饭，边吃边感叹地对徐福说："有这种吃的东西真是太方便了，以前我上山采药时，都是采集野果或现打野兽烤着吃的。"

正在旁边忙乎的伙夫听了好奇地问道："得现打野兽吃？那要是打不着怎么办呢？"源藏笑了笑，不以为然地答道："上山采药是漫山遍野地转悠，有吃的就吃点儿，没吃的就饿着，饥一顿饱一顿是常事。"

徐福在旁听了笑着对源藏说："咱们现在吃的是稻米，春种秋收，便于储藏，所以无论什么季节，都不愁没有吃的。"源藏听了徐福的话后，仔细端详了半天碗里的米饭。他想起在上山之前看到人们在地里种水稻的情形，然后懵懵懂懂地点了点头。

正在徐福他们在山洞里边吃边聊的时候，外边有一个身穿蓑衣，头戴草帽，手持木棍的人偷偷来到山洞口。他探头探脑地向里面窥视，看到里面的陌生人正在香甜地吃着东西，不由得咽了一下口水，并用手摸了摸饥肠辘辘的肚子。身穿蓑衣的人躲在黑暗中偷偷看了一会儿后，便悄然离开消失在了黑暗中。

身穿蓑衣的人跑回山上，这里有一个很大的山洞，里面篝火通明，很多人围坐在一起。正面坐着一个大王，准备听跪在下面的身穿蓑衣的人报告。身穿蓑衣的人边喘着粗气边说："大王，刚才小的在半山腰的洞里，看到有些陌生人在那里吃东西。"

大王听后显得有些吃惊，睁着大眼问道："什么？有陌生人上山了？那些人长得什么样？"身穿蓑衣的人答道："回大王，因为洞里昏暗，看不清他们的长相，但都穿着长长的衣服，与我们不一样。"

大王听后歪着脑袋想了一会儿，然后又接着问道："你说他们在吃东西？这黑灯瞎火的啥都没有，他们吃什么呢？"身穿蓑衣的人答道："我也觉得很奇怪，躲在洞口看了半天，只见他们从火上的锅里盛出一些白白的东西，而且吃得还很香。"

大王越听越觉得糊涂，叽叽咕咕地说道："白白的东西？吃得很香？是什么珍禽异兽呢？"大王想了一会儿，然后果断地将手一挥对手下的人命令道："不管他们是谁，擅自闯山不能坐视！你们去看看，等夜深人静趁他们熟睡时都给我抓来！"

黑夜中从山上的小路上下来十几个人，他们手拿木棍和绳索，悄悄地向徐福他们的山洞走来。山洞里残余的篝火还在闪着微弱的亮光，但徐福等人在奔波一天后已经躺在地上进入了梦乡。

从山上下来的十几个人先是悄悄来到山洞口，然后在一个头领模样的人示意下一同冲进了山洞，连喊带叫地把徐福他们压在地上并用绳子捆了起来。徐福和源藏被这些人的粗暴举动从梦中惊醒，源藏一边挣扎一边高喊："你们是什么人?! 为什么要捆绑我们?!"从山上下来的人根本不理睬源藏的叫喊，不容分说地把徐福等人用绳子绑成了一长串，然后连拖带拽地把他们拉到了大王所在的山洞。

徐福等人被带到山洞里之后，几个大汉把他们连推带搡地按倒在地上，在大王面前跪成一排。坐在上面的大王对徐福他们厉声喝道："你们是干什么的？竟敢擅闯我家山门？"源藏在下面拱手向大王答道："回大王话，我们是末卢国人，是来这里寻仙采药的。"

大王听源藏说他们是末卢国人，于是放缓口气接着问道："末卢国的？你们的大王跟我不错，常有往来，可你们的穿着打扮为什么跟他们不同？"源藏一听，赶紧慌忙地指着徐福等人说道："回大王，是这么回事，他们是从大海那边过来寻仙采药的，我是末卢国人，是奉我们大王之命为他们当向导，所以穿的是他们的衣服。"

大王听了源藏的话半信半疑地没再说什么，因为他对源藏说的寻仙采药的话并无意去听，心里一直在琢磨那个穿蓑衣的人向他报告的白色食物。但大王又觉得直接问人家吃的是什么有些不好意思，于是拐弯抹角地问道："采药？这深山老林的，你们又没带打猎的家伙，还不得饿死吗？"

源藏看了看被人抢走堆在一旁的行李说："回大王，他们从海那边自带了很多东西，饿的时候只要有水和火就能有饭吃，不用现去打猎获取食物。"大王听后越发觉得奇怪，便命令手下的人说："给我把他们的行李打开，看看到底是什么东西。"

几个大汉粗暴地打开了徐福他们携带的行李，白花花的稻米从口袋里流出来撒了一地。大王从座位上站起来走到口袋跟前，抓起一把米问道："这些硬得像石头子儿一样的东西就是你们的食物吗？"

源藏见大王亲自来问，一时不知从何答起，便侧着脸看看徐福，希望徐福能替他回答大王的疑问。徐福明白源藏的意思，拱手向大王说道："回大王，这些的确是我们带来食物，名字叫稻米，坚硬时是生的，用水煮熟后即可食用。"

大王听了徐福的解释之后，睁大眼睛显得十分惊讶，他无论如何也想象不出这种坚硬的颗粒怎样才能变成食物。大王又把手里的稻米放到眼前仔细看了一会儿，然后对徐福说道："有了这东西，就不用靠打猎吃饭了？"徐福拱手答道："回大王，因为稻米能够储藏，携带方便，并可随时食用，所以不必依靠现打猎吃饭。"

"哈哈哈……"大王放声狂笑起来，然后如获至宝一般，一边用手比画着把徐福他们的行李都拿过来，一边说道："既然是这么好的东西，那就给我们留下吧！"徐福听后忙摆手说道："大王，不是我们不舍得把这些稻米留给大王吃，只是我们这次前来带的不多，只够上山寻仙采药的。大王若是让我们上山寻仙采药，等回去后我会送给大王更多的稻米，让大家永远都吃不完。"

大王听后先是哈哈大笑了几声，然后突然把脸一沉声色俱厉地问道："你这个人看着挺老实，可竟敢口出狂言诳骗本大王。世上只有不够吃的东西，哪有永远吃不完的？！"徐福听后并没有显出半点儿惊慌，带着坚定的神情对大王说："大王息怒，我们绝无诳骗大王之意。我们这次是奉大秦皇帝之命到此寻仙采药的，不仅路途遥远，而且何日能告成功也不可知，所以没有永远吃不完的稻米是不行的。"

大王从徐福的表情和口气上觉得对方或许真的没骗自己，于是改变话题说道："既然你如此说，而且末卢国离我们也不远，那我就信你一回。等你们回去时，我就派人跟你们去取那永远吃不完的东西。"徐福拱手说道："谢大王信任，我们绝不食言。"

大王接着又问："你说来这里是为了上山寻仙采药，想寻哪个仙，要采什么药？"徐福答道："回大王，我们方士自古相信海上有瀛洲，瀛洲上有神仙和仙药。到此之后源藏说在金立山上住有一位仙人，所以我们才特来寻找。"大王听说徐福来此是为了寻找源藏说的仙人，心里明白那个仙人指的就是住在金立山中的童颜仙人。

大王刚想张口告诉徐福童颜仙人在什么地方，但转念一想应该用此事跟徐福他们做个交易。其实大王虽然相信了徐福刚才说的话，但心里还是不太放心是否能得到永远吃不完的稻米，于是对徐福说道："不错，我们这山上确有个童颜仙人，你要是把吃不完的东西先给我们，我就让人带你去见他。"

徐福知道大王是对他说送稻米一事还抱有怀疑，心里也明白要想找到仙人必须首先满足大王的欲望，于是爽快地答道："好啊，明日大王即可随我下山，徐福将把吃不完的稻米当面交给大王。"

大王急于得到徐福答应给他的永远吃不完的东西，当天就带着人马跟徐福他们下了山。经过几天的颠簸，一行来到了建在山脚下平原上的大本营。齐钧和荀憬早就得到禀报，说徐福带着很多人回来了，立即到大本营门口前去迎接。

"恭喜徐大人马到功成，顺利返回！"齐钧拱手向从马上下来的徐福贺道。徐福一边拱手一边回身看着金立山大王说："辛苦齐大人特来迎接，但寻仙采药尚未成功，只是带回了珍贵的客人。"

齐钧和荀憬等一听，连忙朝金立山大王拱手拜道："贵客临门，有失远迎。"金立山大王一看这些人说话温和有礼，举止风雅，顿生几分尊敬之意。但这里毕竟是属于自己的地盘，又不可显出过于软弱，于是只学学他们的样子对齐钧和荀憬拱了拱手。

徐福带着金立山大王走进了大本营，里面已经盖起了很多房子。一条小河从中流淌，两边的稻田里人们正在插秧。金立山大王显得有些目不暇接，看看这，看看那，最后眼睛落在人们插秧的地方问道："这漫山遍野都是青草，这些人为什么还要种？"徐福微笑着对大王说道："回大王，他们不是在种草，过会儿我再给大王详细介绍。"

金立山大王一看周围都是自己感到陌生的东西，带着十分好奇的神情跟徐福继续向里走去。大本营的营帐周围到处是旌旗招展，房前房后人来人往，有的在喂猪，有的在喂着鸡鸭。金立山大王看到这些到处乱跑的动物，禁不住又问起来："你说你们不打猎，可这些东西是从哪弄来的？"徐福笑着对大王说："这些不是猎物，都是我们从大秦国带来的。它们和山里的野兽不一样，是世世代代可以繁殖饲养的禽畜，也和我要给大王的稻米一样，永远吃不完的。"

徐福在一个宽敞的大厅里宴请金立山大王。金立山大王被奉为贵宾坐在上座，徐福和齐钧、荀憬等人坐在两旁陪伴。桌上摆满了美酒佳肴，徐福亲自为金立山大王斟上了一杯酒，然后举杯说道："欢迎金立山大王光临我等大本营！"

徐福说完后大家一起干杯，然后又轮流向金立山大王敬酒，整个大厅变得活跃起来。徐福劝金立山大王用餐，大王拿起筷子先是看了看，然后学着大家的样子伸向盘子想夹块肉吃，可是费了好大劲儿也没夹上来，有些不好意思地想把筷子放下。

徐福见状，赶忙用自己的筷子挑了一块大肉夹到了大王的盘子里，然后把手里的筷子拿给金立山大王看："大王，这个东西叫'箸'，一般称为'筷子'，是我们吃饭时夹饭菜用的。"金立山大王听了徐福的解释后，把刚要放下的筷子又拿了起来。

他学着徐福手拿筷子的样子，然后到盘子里尝试着夹肉，费了好大劲儿终于把一块肉夹了上来。徐福等人一看大王学会了使用筷子，都拍起手来对他表示称赞。金立山大王也高兴地一边大口吃肉，一边竖起了大拇指连声说道："好吃！好吃！"

徐福就势告诉他："大王，这就是刚才在外边看到禽畜之肉，我们管它叫作家禽家畜，平时养着以备食用。"金立山大王似乎领会了徐福所说的事情，一边香甜地吃着口中的肉，一边使劲地点头。

酒过三巡之后，阿辰带着一些女佣人端来米饭，分别放在了大家的面前。徐福指着白白的米饭对大王说："这就是用大王在山上看到的稻米做成的米饭。"大王端起碗来吃了一口，不断点头表示称赞，但还是对徐福说的"永远吃不完"不甚理解，于是问道："是个好吃的东西，可能像徐先生所言永远吃不完吗？"

徐福对金立山大王说道："刚才在来的路上，大王不是问我为什么会有人在那里种草吗？其实那不是在种草，而是在种植稻米。春夏秋冬，物皆有时，想要稻米和家禽这些东西，就得不失时，不滥用，从而达到取之不尽，用之不竭。"

大王听后有些似懂非懂，半张着嘴眨了几下眼睛。徐福知道大王对自己说的"时"未能全部理解，于是接着说道："水稻有耕种之时，禽畜有繁殖之时，只要按时耕种就会有收获，只要及时繁殖就会有子孙。这就是我跟大王说的'时'。"

就在金立山大王还在回味徐福说的"时"时，只听徐福冲着门外喊了一句："来人，把送给大王的礼物拿来！"几个人应声从外边抬来两个袋子放在了徐福和大王面前，徐福笑着对大王说："大王，这就是徐福送给大王的永远吃不完的东西。"

大王站起来好奇地走到了两个袋子的旁边，一人为大王打开口袋，里面露出了黄澄澄带皮的稻种。大王上去就抓起一把，但马上又把它放了回去，看着徐福说道："这和我在山上看到的稻米不一样啊，拿着都扎手，能吃吗？"徐福上前抓起一把稻种说道："大王在山上看到的稻米是由它种出来的，脱皮之后就是白白的稻米。"

大王听了徐福的话后似乎有所领悟，但转念一想，就这两袋稻米怎么会永远吃不完呢。于是又向徐福问道："你不是说要送我永远吃不完的稻米吗？这些就能？"徐福把手里的稻种拿到大王跟前给他看，并说道："万物只取不产就会枯竭，多产少取方能永远丰足。徐福送给大王的是稻米的种子，只要年年耕种，就会代代相传，口粮充足。"

大王听后觉得徐福说得很有道理，但还是不解地问道："稻米需要种植才能收获，这个道理我懂了，可这稻米又是怎么种出来呢？"徐福微笑着答道："大王所问至为关键，种植稻米需要技术，这个我们当然要告诉大王的。大王来时不是注意到很多人在地里忙碌吗？他们就是在种植稻米。"

金立山大王略加回忆了一下对徐福说："哦，原来如此，他们是在种稻米啊。下面都是水，我还以为是在种什么水草呢。"徐福听后爽朗地笑了起来，告诉金立山大王说："稻子分旱稻和水稻，因为水稻比旱稻好吃，所以我们一般都种水稻。送给大王的就是水稻的稻种，虽然需要种植技术，但学会了就可以永远有吃的了。"金立山大王这回彻底明白了，连忙学着徐福他们的样子拱手说道："多谢指教，这样今后我们也可以不愁吃的了！"

金立山大王等人在大本营小住了几天，徐福安排他们又是学习水稻种植技术，又是参观家畜养殖情况，并且还慷慨地派人挑着稻种和带着家畜到金立山帮助那里的人们种植水稻和养殖禽畜。

这天，金立山大王和徐福等人启程返回金立山，路两旁的稻田里水光闪烁，青青的禾苗随风翻动。金立山大王骑在马上一边走一边观望着周围的景色，高兴地对徐福说："自古以来我们都是靠天吃饭，打猎充饥，饥一顿饱一顿的毫无保障。这下可好了，今后我们不仅一年四季都可以有吃的，而且还学到了可以世代相传的技术。"

旁边的徐福也很高兴地说："有幸与大王相识，并把种植水稻和养殖家畜的方法传给大家，这都是咱们的缘分。"金立山大王听徐福这么说，一股暖流涌上心头，紧紧抓住徐福的双手激动地说："缘分，的确是缘分！回到山上，我带你们去找童颜仙人也是缘分！"

徐福跟着大王回到了金立山，没过多时，金立山大王就张罗着要带徐福去找童颜仙人。一队人马开始沿着小路向金立山的顶峰进发，两边悬崖峭壁，古木参天。大家来到山坡上的一块平地，金立山大王和徐福翻身下马。

大王对徐福说："再往前走就只能步行了，咱们要轻装上阵才能攀上顶峰。"徐福点头表示理解，让手下的人把马匹和大行李安排在树下由专人看管。然后整理了一下行装，在金立山大王的引导下继续向山上走去。

走了几个时辰之后，透过向上爬行的人们，山顶上几座简陋小屋渐渐出现在了人们的眼前。金立山大王停下脚步，一边用手擦着额头的汗水，一边指着山顶的茅屋对徐福说："徐先生，你看，那里就是童颜仙人居住的地方。"

众人来到一座茅屋前，神采奕奕的童颜仙人早已闻讯站在门口，迎接金立山大王和徐福的到来。童颜仙人见大王和徐福走了上来，忙拱手施礼道："贵客驾到，老朽有失远迎。"金立山大王和徐福也拱手还礼道："突然造访，多有打扰。"

童颜仙人把大王和徐福让进屋里，主客分别入座后，金立山大王向童颜仙人介绍道："这位是徐福先生，说是远渡重洋，从大秦国特地来此寻仙采药的。"徐福在旁忙站起来拱手说道："在下徐福，承蒙大王引荐，有幸拜见仙人。"

童颜仙人也急忙站了起来，拱手向大王和徐福拜道："老朽乃一风餐露宿的山间野鹤，承蒙厚爱不胜惶恐，不知徐先生要寻何仙何药?"徐福拱手答道:"徐福身为方士,自幼修神仙之道,今奉大秦皇帝来到瀛洲,为的是找到仙人讨教不老不死之药。"

童颜仙人听了徐福的话后,一边捋着胡须一边说道:"金立山养身治病草药虽然不少,但老朽却未听说有不老不死之药。"徐福见童颜仙人有推辞之意,便带着恳求的口吻说道:"仙人童颜鹤首,长寿闻名遐迩,还望不吝赐教。"童颜仙人见徐福讨药态度极为诚恳,便示意大王和徐福跟他到里面一间房屋看看。

大王和徐福跟着童颜仙人走进了一个房间,一股浓郁的草药味扑鼻而来。徐福向里面探头望去,看见很多人正在热气腾腾的屋里熬药。童颜仙人将徐福带到一个大大的架子旁边,用手指着整整齐齐摆在架子上的各种草药说:"这些都是老朽采集来的药材,可根据人体情况对症下药。"

徐福走到架子前,拿起一种草药放在鼻子上闻了闻,然后对童颜仙人说:"用药草治病,在我们那里也是自古就有。我这次为皇上找的不是一般的草药,而是服用之后可以不老不死的仙药。"

童颜仙人点头表示明白徐福的意思,说道:"徐先生所言仙药即是长生不老之药,但老朽孤陋寡闻,长生之药略知一二,不死仙药却未有耳闻。"徐福听了童颜仙人的话后,颇有感慨地说道:"仙人所言极是,徐福也深知其理。恕徐福冒昧,敢问仙人是吃了何药才得以童颜鹤发长命百岁的呢?"

童颜仙人哈哈大笑起来说道:"既然徐先生问及此事,老朽也就直言相告了。请随我来。"童颜仙人将徐福等人引入里屋,只见在屋里的一个角落里放着一口大锅。童颜仙人来到大锅旁掀开锅盖,然后指着里面对徐福说:"金立山中有一草药名曰寒葵,老朽数百年前就服其汤汁,故得以延命至今日。"

徐福听后觉得眼前一亮，马上探头向锅里望去。但锅里有的只是黝黑的汤汁，并看不到童颜仙人所说的寒葵。徐福无奈只好拱手向童颜仙人拜道："请仙人明示何为寒葵？"童颜仙人也慌忙拱手回拜道："民间相传寒葵的读音与'不老不死'相似，但恕老朽多有得罪，现在只能告知先生此药之名。因寒葵是老朽每年开春后从山上采来服用的，现在难以明示先生。"

站在一旁的金立山大王见童颜仙人说话半掖半藏，不肯把草药拿给徐福看，心里十分不悦，带着几分愠色说道："仙人，徐先生为寻找长生不老之药不远万里来到此处，我们也是为了请教才特地来拜见仙人，为何只告知药的名字，而不肯明示它是何物？"

童颜仙人拱手说道："大王息怒，此乃老朽密藏之物，从未明示过任何人。金立山中确有此药，但是否是徐先生寻找的长生不老之药老朽没有自信，还望徐先生亲自费心寻找以辨真伪。"大王见童颜仙人不给自己面子，有些恼羞成怒，刚要上前与仙人继续说什么，但被徐福劝阻下来。

童颜仙人见状松了口气，接着向徐福介绍道："徐先生如要寻找金立山的寒葵，可待春季进山一试。寒葵主要生长于大木巨根之上，而且因为茎叶低小，颜色暗淡，多在万木丛中，所以很难找到。唯一的办法是到了春季，它会开出很多淡黄色的小花，那时是最易识别和采集的季节。"

徐福把童颜仙人说的话一一记在了心里，琢磨着现在时值夏季，要想照童颜仙人的指教采集，只有等到明年春天才行。徐福十分恭敬地向童颜仙人拜道："多谢仙人教诲，徐福一定竭尽全力寻找。"

童颜仙人拱手说道："老朽对徐先生的理解和宽容十分感激，金立山的寒葵虽有养神、镇咳、利尿、明目等延年益寿之效，却从未听说能让人长生不老。据老朽所知有座山叫作'不死山',上面有一种仙药,具有长生不老之功效。"

徐福没等童颜仙人把话说完,就急切地插嘴问道:"不死山上有仙人仙药?它在什么地方?我们如何才能到达那里?"童颜仙人说:"不死山距此北上千里有余,那里有国曰蓬莱国,自古相传若能采到不死山的仙药,食后便可长生不老。"

徐福听后大喜,拱手谢道:"多谢仙人指点,徐福已一一铭记在心,待明年开春先去金立山寻找寒葵,然后尽快北上前往蓬莱国的不死山。"

焚书坑儒

咸阳城的夜晚群星闪烁，四周一片寂静。

李斯站在家中楼台上观察天象，看到彗星出现在了西方，心中不由生出一种无名的惆怅。李斯仰望着彗星，百思不解地自言自语道："如今天下一统，国泰民安，为何苍天还会出现如此不祥之兆？"

第二天，秦始皇召李斯进宫。李斯来到秦始皇的寝宫，只见秦始皇在屋里踱来踱去，显得十分焦躁。秦始皇见李斯进来半天没说话，过了好一会儿突然站住转头问李斯："徐福他们去东海寻仙采药有消息了吗？"

李斯拱手答道："回陛下，尚无任何消息。"秦始皇听后轻轻地叹了口气，说道："近来宫内对朕派人寻仙找药一事似有非议，左丞相可有耳闻？"李斯本想把昨晚观天象时见到西方出现彗星的事报告给秦始皇，但被秦始皇突然问起宫中议论寻仙采药一事，慌忙拱手答道："回陛下，臣以为文武百官议论朝政并非坏事，可恨的是那些恶意中伤，别有用心的人。"

秦始皇睁大眼睛盯着李斯问道："恶意中伤？居然有人敢说朕的

坏话吗?"李斯向秦始皇跟前靠了靠,压低声音说道:"陛下还记得碣石卢生吗?"秦始皇略加回想后说道:"是那个朕让他入海寻药的卢生吗?"

李斯拱手答道:"正是那个卢生。臣听说他貌似为陛下寻仙找药,背地里却讥讽陛下是异想天开的昏庸暴君。"秦始皇挑起上眼皮往上望了望,脑海里浮现出卢生那副对他唯唯诺诺的样子,于是带着轻蔑的口吻说道:"卢生不过一介术士而已,派他找药是对他的抬举,竟敢对朕有大不敬?"

李斯接着说道:"上次陛下为何派蒙恬率三十万大军北击胡人呢?"秦始皇想了想,然后答道:"攻打胡人,安边兴国,是朕多年夙愿。但这次派蒙恬前去征讨胡人确与卢生有关。"

李斯拱手略带神秘地对秦始皇说道:"这就对了。前时卢生向陛下上奏,说海中寻仙回来时得一神书,上有'亡秦者胡也'的字样。陛下以为'胡'为胡人所以出兵,但近来臣听说卢生本意指的是公子胡亥。"

秦始皇听了李斯的话显得十分惊讶,几乎有些声嘶力竭地吼道:"朕自称始皇帝就是为了让大秦万代相传,卢生好大胆,居然在朕健在时就竟敢言亡秦。"李斯又对秦始皇拱手说道:"不仅如此,让陛下自称'真人',隐居而行一事,其实也是卢生对陛下设的陷阱。"

秦始皇听后显出十分不解的样子,斜着眼睛问李斯:"此话怎讲?"李斯拱手答道:"臣听说卢生是以此事大做文章,意在让世人知道陛下迷于神仙之道,不理朝政,乱杀无辜,暴虐至极。"

秦始皇听了李斯这番话后再也忍耐不住了,怒气冲天地咆哮起来:"好一个造谣惑众的卢生,立刻捉拿归案,以正视听。"李斯拱手答道:"臣已派人去捉拿卢生等造谣惑众的术士,但据说他们早已畏罪潜逃，现正在追捕之中。"

秦始皇听了李斯的话后，慢慢地平静了下来。他接着又问李斯："朕要博士们讨论国事，集思广益，为大秦江山千古永存出谋献策，这事安排得怎么样了？"李斯拱手答道："回陛下，臣已遵旨安排专门场所让博士们议论国政，他们都很热心积极，日后会向陛下献上良策的。"

一天傍晚，秦始皇在咸阳宫内大摆宴席，与君臣百官和各方博士们一起进餐，交杯换盏，谈笑正欢。酒过三巡之后，丞相王绾站起来举杯对大家说道："大秦自一统以来，君贤臣明，国势益强，如日中天。陛下招天下英才，集思广益，献计献策，还请各位博士畅所欲言。"

仆射周青臣走上前向秦始皇拱手拜道："陛下圣明，横扫六国，平定天下，设郡置县，国泰民安，丰功伟绩，威德永传。"秦始皇听后微笑起来，一边喝酒一边点头露出几分得意的样子。

这时齐人博士淳于越霍地站了起来，走上前来拱手对秦始皇说："陛下，臣以为周仆射所言颇具阿谀之词。陛下统一天下自然功不可没，但设郡置县则有违古制。从历代王朝来看，只有师法前贤者方能长久。"

秦始皇听了淳于越的话后，心中感到十分不悦。他紧皱眉头正想发火，但又转念一想今日设宴是为了让大家畅所欲言。于是勉强露出笑容对众人说："看来对朕实行郡县制一事确有异议，在座各位都是怎么看的呢？"

李斯走到前面拱手拜道："治理国政必讲之道，遵循古制与锐意创新缺一不可，因时而定是其关键。查五帝与夏、商、周的建制也并非全部因袭，很多都是根据时代变化而建立新制。"站在一旁的淳于越打断李斯的话说："禀皇上，古代圣贤多由同族分封而治，辅佐朝政。如今陛下推行郡县制，百官皆为族外之人，一旦有事，恐无人会为陛下效力。"

李斯也拱手打断淳于越的话向秦始皇说道："自古以来分封制，多藏兄弟相互残杀的隐患，容易引起诸侯之间的纷争。陛下贤明，开郡县制之先河，与江山社稷和臣民百姓实为一大幸事。"

就在淳于越与李斯就分封制和郡县制的利弊争论得面红耳赤时，只见又有一个博士站起来拱手对秦始皇说道："禀皇上，微臣也有话要讲。"

秦始皇把目光转向了主动要发表意见的博士，一看是名从燕国来的儒生。秦始皇抬手示意淳于越和李斯先不要争论，然后对燕国的儒生说道："好啊，你有什么意见？也说说看。"

燕国儒生拱手拜道："回皇上，臣以为国家兴亡与分封制和郡县制并无太大关系，最重要的是君王的威德如何。"秦始皇见燕国儒生把争论的焦点引向了自身，颇感吃惊地问道："此话怎讲？难道朕的威德还不够吗？"

燕国儒生见秦始皇对自己提出的意见反应异常，连忙缓和语气说道："回皇上，微臣不敢妄评陛下，只是想说历朝历代的存亡都与君王的威德有关。"

秦始皇听了这话后也把表情放松了下来，用平和的语气说道："那么你觉得朕的威德如何呢？"燕国儒生拱手答道："陛下威震四方，德传天下，日月同辉。只是……"秦始皇见燕国儒生吞吞吐吐不肯把话说完，便催促道："只是什么？有话尽管讲，朕不怪罪你。"

燕国儒生咽了口吐沫，挺了挺身子鼓足勇气接着说道："只是自大秦统一天下以来，陛下信方士神仙之道，辟驰道，建宫殿，建甬道，修陵寝，筑长城，国力民生多有消耗……"

秦始皇见燕国儒生对自己所做之事皆有微词，心中很是不悦，有些不耐烦地扬手对燕国儒生说道："你说的那些都是朕为了大秦江山而考虑的事情。"

燕国儒生见秦始皇完全没有心思听自己的意见，便拱手作礼退回了原处。这时又有一个博士站出来拱手奏道："微臣也有所奏。"

秦始皇坐在上面仔细端详了一会儿那个要发表意见的博士，然后说道："你不是日前向朕进谏放弃神仙之道的魏国博士吗？"魏国博士又向前走了一小步，然后拱手拜道："回皇上，正是微臣。臣以为以往虽有彭祖长生不老之说，但神仙之道确属荒诞无稽之谈，陛下不可轻信。"

秦始皇见魏国博士竟敢在大庭广众之下指责自己寻仙找药一事，心中不由得火冒三丈。他立起一双细长的眼睛十分不悦地说道："朕信奉神仙并非是怕死之举，而是为了国家社稷的长治久安。此话要说几遍你才能明白?!"

魏国博士见触怒了秦始皇，便不再争辩而躬身退下。旁边的另一个博士上前拱手奏道："微臣也有话要禀奏……"这时的秦始皇已无意再听博士们的意见了，连看都不看还要发言的博士一眼，转身对丞相王绾说道："朕有些累了，有话下次再议吧。"

秦始皇回到寝宫后，怒气仍然未消，他把王绾和李斯叫来，带着一种嘲讽和不满的语气说道："本想设宴让博士们献计献策，没想却成了向朕发难的场所。"李斯拱手说道："陛下息怒，畅所欲言，集思广益并非坏事，但有的博士厚古薄今，迂腐不化就不对了。"

王绾也上前拱手对秦始皇说道："自古文人学士都喜欢妄议朝

政，陛下功业自有公论，不必为此多虑。"李斯想来想去，还是觉得应把那天观天象时见到西方彗星陨落的事告诉给秦始皇，于是拱手小心翼翼地对秦始皇说道："近来微臣观看天象，曾有彗星出现在西方，此乃国势衰微之兆。如今博士们厚古薄今，妄议朝政，颇能蛊惑人心，臣以为不可放任不管。"

秦始皇听了李斯的话脸色变得严肃起来，深思片刻盯着李斯问道："若无视不管，或将如何？"李斯拱手答道："回陛下，博士所言多是以百家私学非议朝廷，于外沽名钓誉，于内巧夺名利。这样的诽谤行为若不加以惩治，君主威势就会下降，朋党势力就会形成，最后恐导致天下大乱。"

秦始皇一边沉思一边点头对李斯所言表示赞同，在闭目想了一会儿之后向李斯问道："爱卿以为应该如何处置才好？"李斯答道："臣以为把与大秦国策相悖的百家典籍彻底销毁，以此来正本清源。然后将妄议朝政之徒全部治罪，以此来端正视听。"

咸阳城内人来人往，车水马龙。很多人挤在一起在看墙上贴着的一张用布写的告示。告示上写着："皇上诏曰，天下一统，新政初行。为安国安民，凡混淆视听之书籍焚，凡蛊惑人心者斩。"人们看过后都面面相觑，惶恐不已，低声议论着当今皇上好像要大开杀戒。

几天之后，在一片宽阔的平地上，一捆捆的书籍都被运到了这里。兵士们围着堆积如山的书籍把火点着，无数书籍在熊熊大火中化为灰烬。

在另一块空地上，中间挖出了一个很深的大坑。兵士们押着很多人来到了大坑的边上。淳于越和燕国博士、魏国博士等也被押到了这里，脖子上带着枷锁，头发散乱不堪。

淳于越昂首挺胸，十分不服气地喊道："我等遵循皇命直言相谏，有何罪过？李斯逆贼罪该万死！"

一个将领举起手中的剑向兵士命令道："都推下去埋了！"于是淳于越等人从大坑的四面八方被推了下去，顿时哭喊声响成一片。兵士们开始向坑中填土，尘土漫天飞扬，那些敢于进谏秦始皇的儒生们就这样被送上了黄泉之路。

兵分三路

转眼已是盛夏，徐福船队的大本营基本建好，一排排房屋整洁美观，周围绿树成荫，稻田纵横，旌旗随风翻滚。

徐福他们从金立山返回大本营后，将情况向齐钧、荀憬做了汇报。大家坐在一起，一边喝茶一边商量今后如何寻仙采药的事。源藏带着徐福找到童颜仙人后，颇受徐福的赏识，已经完全把他看作寻仙采药的重要成员。

源藏也坐在了徐福他们旁边，喝了口茶边品边说道："这东西真不错，喝起来香香的，还很提神，就是晚上喝了睡不着觉。"荀憬听了哈哈大笑起来，端着茶碗也喝了一口，然后对源藏说道："睡不着觉说明茶的提神效果好，以后困了喝茶不就行了？"大家听后都一起笑了起来。

徐福说："大本营现已建好，今后的任务就是到四面八方寻仙采药。但能否如愿以偿，何时达到目的尚未可知，要有一个长期打算才行。特别是在大本营繁殖牲畜，织布插秧，备足衣食十分重要。另外，逢年过节大家都会有思乡之情，所以像茶、酒这样的东西也是不可少的。"

荀憬在旁边说道:"徐大人所言极是,我已吩咐大本营各部,凡是日常生活中所需东西都要抓紧生产和制作。"徐福把手里的茶碗放在桌上,略有所思地对大家说:"好!那我们立即着手寻仙采药之事。童颜仙人说,金立山虽有延年益寿的寒葵,但现在已不是采集季节,要等到明年才行。"

在一旁的源藏听后插嘴说道:"徐大人,我常去金立山一带采药,对童颜仙人所说的寒葵也有耳闻,就让我留在这里待明年开春去采吧?"徐福听后非常高兴,连声说好并嘱咐源藏说:"大本营离不开你们父女二人的关照,我们去别处后,这里的一切就交付给你们了。"

源藏见徐福决定让自己留在大本营,马上说道:"徐大人,您放心,我就是踏遍金立山,也要把童颜仙人说的寒葵找到。"徐福见采集寒葵的事已经安排妥当,又转身对齐钧和荀憬说道:"据童颜仙人介绍,北边蓬莱国的不死山上有不老不死功效的仙药。"

齐钧听后说道:"金立山就在附近,开春后源藏可去上山寻找寒葵。但蓬莱国只知方向不知地点,找起来或许不是一件简单的事情。"徐福说:"童颜仙人说蓬莱国在东北方向,如果到了那里,可从海上看见不死山。这样我们沿着海岸线一直北上,就会有找到它的希望。"

齐钧听后还是觉得有些渺茫,不禁接着问道:"一直北上不难,但不知要走多远才能找到不死山。不行的话,我们还是拔营迁徙,一同前往吧?"徐福摆了摆手说道:"经过千难万险,我们才好容易来到了瀛洲。这里地域辽阔,不仅物产丰富,而且还依山靠海,土地肥沃,气候温和,非常适合作为我们今后寻仙采药大本营。"

齐钧和荀憬听后，都表示赞同徐福的主张，只是对今后如何去寻仙采药，何时才能如愿返回大秦心里还是没底。徐福知道他们在担心什么，于是说道："这也是我说的不能一起行动的原因。如果一起行动，漫然寻仙采药，犹如大海捞针。不仅效率很低，而且会费时日太久。长时间不能回报朝廷，皇上必定要怪罪下来的。"

　　大家听后都觉得到处寻仙采药和尽快回报朝廷是一个很难平衡的事情，一时都感到束手无策。徐福目视前方沉思了一会儿，对大家说道："方士探求仙山，已是多少代人的梦想。寻仙采药并非一日之功，这点皇上是知道的。我们可边寻仙采药，边不断派人把情况奏与皇上。一旦获得仙药，就立即返航归朝。"

　　齐钧和荀憬对徐福的话点头表示赞同，齐钧接着徐福的话说："还是徐大人想得周到，那咱们就分头行动去寻仙采药，同时把各自情况及时传回大本营，保持互通信息如何？"

　　徐福把手一挥，十分坚定地说道："说得对！不停顿地寻仙采药，无间断地互通信息，对于目前来说至为关键，接下来我们就按这个方针去分头行动。"

　　大家听了这话，都觉得心里透亮了许多，脸上浮现了欣慰的微笑。徐福见大家在今后行动方针上取得了一致意见，心里也非常高兴。他招呼大家坐下来继续喝茶，好好商量一下今后的行动计划。

　　这时阿辰走了进来，给大家换了新茶。徐福端起来喝了一口，然后对源藏说道："源藏，你是当地人，并且有丰富的采药经验，在金立山寻找寒葵的同时，大本营诸事还请你们父女多加关照。"

　　源藏其实心里还是希望能跟着徐福北上到蓬莱国寻找仙药的，只是刚才听了徐福他们的谈话，也深深感到了寻找寒葵和留守大本营的重要性。源藏面对徐福安排，非常坚定地说道："在下明白，请徐大人放心。"

徐福满意地点了点头，又转身对齐钧和荀憬说道："此地一面靠海，三面环山。我拟带人乘船从水路北上寻找蓬莱国，你们二位可分别向东和向南进发。步步为营，寻仙找药。"

齐钧和荀憬听后相互看了一下，荀憬抢先说道："南下路途遥远，而且不知何日方能找到仙药。我比齐大人年少几岁，就让我带人南下寻仙吧。"

齐钧见荀憬如此说，刚要谦逊礼让几句，徐福在旁插嘴说："无论去哪里都会是路途艰难，茫茫大地寻找仙药就如大海捞针。既然荀大人执意南下，那齐大人就从这儿往东辛苦一番吧。"齐钧和荀憬觉得徐福说得很有道理，于是相视一笑便不再争执了。

离分头行动出发寻仙采药的日子越来越近了。

一天，风和日丽，清风徐来，大本营在夏日中显得十分宁静详和。一座大房子敞开着窗户，坐在窗前的徐福正在伏案疾书。阿辰端着茶走了进来，把茶轻轻地放在了徐福身边。徐福书写完毕，先是站起来对阿辰微微一笑，然后把写好的东西拿起来仔细端详着。

阿辰站在旁边，一边看着徐福写的东西，一边问道："先生，这密密麻麻的，写的是什么啊？"徐福把手里的竹简放在阿辰的眼前问道："怎么样，能看懂多少了？"阿辰见徐福如此问，便往前探了探身子将徐福手里的竹简看了一遍，然后十分欢喜地指着其中一个字说："这个是'药'字，是先生要找的东西。"

徐福听后爽朗地笑起来，高兴地说道："进步不小啊，这的确是个'药'字。我正给皇上写奏折，报告一下现在采药的情况。"阿辰听说徐福又在给皇上写奏折，有些不解地问道："先生为何总给皇上写奏折呢？"

徐福把手里写好的奏折放下，对阿辰说："大秦与此隔海相望，惊涛骇浪难以到达。尽管不断派人将奏折给皇上送去，但均不见送信的人回来。估计或是海上遇到风浪被吹走，或是船翻人亡葬身鱼腹。即使有人幸免到达大秦，恐怕也很难再以原路返回。所以只好不断写奏折，经常让人去送了。"

阿辰听后没再追问，而是略带腼腆地问徐福："徐大人，听父亲说您要北上寻找蓬莱国，是吗？"徐福将脸侧向阿辰，十分认真地说："是的，过些天我们将分头出发，四处寻仙采药。我带领船队北上，按照童颜仙人所说去寻找蓬莱国，其他两路由齐大人和荀大人分别去找。"

阿辰一听徐福果然要离开这里，心中感到恋恋不舍，顿生一种别样的滋味。阿辰鼓足勇气试探着问徐福："阿辰也要跟随先生北上，那样既可以照顾先生，也可以继续跟先生学字。行吗？"

徐福非常理解阿辰的心情，经过多日接触，他也很喜欢这个在自己身边忙前忙后的末卢国姑娘。徐福本有心把阿辰带在身边，但转念一想北上寻找仙药，定会遇到海上风浪和许多艰难险阻，于是拍着阿辰的肩膀安慰她说："蓬莱国只是传闻，究竟是在何处尚未可知。路途遥远，前程未卜，若把你带上恐有不便。"

阿辰知道自己提出要随徐福北上的要求不近情理，于是带着半娇半嗔的语气说道："那请徐先生给阿辰写幅字吧，也好在先生不在时经常看看，留个念想。"

徐福爽快地答道："好啊，那我就写几个字用来共勉吧。"徐福说完，把两枚竹简放在案上，拿起笔来蘸满墨汁后想了一下，然后屏住呼吸，紧握笔杆入木三分地写了起来。阿辰在旁边认真地看着，只见竹简上跃然出现了几个大字："不得仙药，誓不归还。"

徐福写好后，先是自己端详了一番，然后把写好的字拿起来递给了阿辰。阿辰接过字后有几个字不认识，便指着"誓""归""还"几个字向徐福问道："先生，这几个字是什么意思？"徐福知道让阿辰完全明白字的意思有些困难，但还是耐心地回答了阿辰的提问："'誓'就是'一定'的意思，'归'和'还'都是'回来'的意思。"

阿辰听了徐福的解释后，又看了一遍竹简上写的字，心想'誓不归还'连起来不就是'一定不回来'的意思吗？想到这里，阿辰心里感到一种莫名的凄凉，但又不好多问，只好点了点头把徐福给她写的字收了起来。

徐福北上寻找蓬莱国的日子到了，海边上聚集着很多人，一些物资不断被运到停泊在那里的船上。齐钧和荀憬前来为徐福送行，三人举起酒杯，齐钧对徐福说道："蓬莱国千里迢迢，茫然不知所在，还望徐大人一路多加保重。"

徐福也举杯对他们两人说道："我等奉命寻仙采药使命重大，也望齐大人和荀大人一路保重。"荀憬接着说道："就按事先约定，我们分头踏上寻仙采药之路后，要不断将各自情况用书信派人送回大本营，互通音信，保持联系。"

徐福拱手说道："一言为定，我已安排大本营，将我们三人情况不断以我的名义撰写奏折，派人送往大秦。"说后三人再次相互祝福，然后举杯一饮而尽。齐钧和荀憬等人目送徐福船队顺风满帆从末卢国出发，沿着海岸线开始向东北方向驶去。

船队在一望无际的大海上航行，徐福站在船头不断观察着右侧陆地上景色的变化。徐福问站在旁边的大船船长："蓬莱国如果按童颜仙人所说据此有千里之遥，估计航行多少时日才能到达？"大船船长拱手答道："回徐大人，航行速度多受风向和海流影响，如果一切顺利的话，可按日行三十里计算，估计一个月左右可以到达。"

徐福听后在心里算计了一下，现在马上就要进入初秋，据说海上入冬前季节变化激烈，不时会有台风袭来。徐福对大船船长说："虽然相传蓬莱国在千里之外，但具体地点不明，加之海上气候瞬息万变，航行不必求快。可步步为营，边休息边打听边北上。"

打井汲水

夕阳西下，海面上泛起了金色波浪。已经在海上走了多日的徐福船队继续向东北方向航行。大船船长对正在观察附近情况的徐福说："徐大人，天色渐晚，咱们找个地方靠岸歇息一下吧？"

徐福抬头看了看天色，然后对大船船长说："自从离开末卢国后，航行还算顺利。这些天虽然停靠了几个地方，但多为平原地带，而且各地发生旱情，不仅很难找到食物，有时想补充淡水也不容易。"

大船船长对徐福所说颇有同感，很有感触地附和着道："就是啊，这种情况即使上了岸，如果没有水源，还得派人到附近寻找河流，否则我们这么多人，喝水做饭都会成问题的。"

徐福边听大船船长说话，边继续观察着周围的环境。他远远望去，看到在一片平地的尽头似乎有一片树林，于是用手指着远处对大船船长说道："你看，那边好像有树林，有树的地方容易找到水源，咱们就往那里行进，找个地方靠岸吧。"

远处的树林越来越近，徐福船队陆续靠在了岸边。大家不断从船上搬下做饭的家什，以及需要补充淡水的坛坛罐罐。虽然已经入秋，徐福上岸后仍感到此地十分炎热。黄昏时分，整个大地在夕阳的照射下暑气熏蒸，灼热逼人。草木的叶子很多都已枯萎，地面上露出了因干旱而产生的裂痕。

徐福边观察着周围的情况，边对身边的大船船长说道："看来这里旱得不轻，能否找到水源还不好说。告诉大家忍耐一下，向树林深处前进看看。"大船船长拱手答声"是"，便去传达徐福的命令了。

从船上下来的孩子们已经渴得难以忍受，有的举着小罐子把里面的最后一滴水喝光，有的拽着旁边的大人，不断哭喊着要喝水。大家听了大船船长传达的徐福的指示后慢慢静了下来，然后大人和孩子排成长长的队伍艰难地向树林方向前进。

徐福一行来到了一片开阔空地，天色已经变得昏暗，远处隐隐约约可见有人影晃动。徐福站在那里，边擦汗边对旁边的人说："前方有人，或许是个村落，咱们先过去看看。"

徐福一行继续向前行走，远处散落的一些房屋逐渐变得清晰可辨。屋子周围出现了一些披头散发身上几乎没有遮盖的人们，他们见到徐福他们朝这里走来，先是瞪大眼睛吃惊地张望了一会儿，然后尖叫着转身向四处逃散而去。

大船船长和一些官员向他们喊道："别跑，我们是好人，是来这里找水的！"那些人听到喊声，更是吓得不得了，拼着命向前跑去。徐福见到这情形，一把拽住正要带人去追赶的大船船长说道："咱们在这里人生地不熟，要想找到水源还需依靠他们，千万不能莽撞行事。"

徐福带人走进了房屋散落的村里，只见能跑的人都吓跑了，一些跑不动的老人和孩子们探头探脑地从门缝里向他们张望。徐福走到一个矮小房屋跟前，伸头从如洞穴般的门口向里望去，只见昏暗中有个老太太，正抱着一个瘦得皮包骨的孩子在呻吟。

老太太看见徐福，伸手向他乞求道："水……给点儿水喝吧……"徐福见此情景二话没说，回头对手下的人说："倒碗水给她们。"旁边的人拿起身上背着的罐子，倾斜地看了看，然后很舍不得地倒了一小碗水递给了徐福。徐福接过水来递给了里面的老太太，说："这是我们带来的水，你们喝点儿吧。"

老太太见到水如获至宝，用颤抖的手一下把徐福递过来的小碗抓了过去。她看看怀中的孩子，然后把小碗放在孩子的嘴边给他喂了两口。孩子喝了水后，随着咽水时喉咙的蠕动，整个表情放松了许多，安详地依靠在了老太太身上。

老太太露出了如释重负的神情，然后自己把剩下的水慢慢地喝了下去。她一边把小碗还给徐福，一边用微弱的声音说："谢谢，谢谢……"徐福谦逊地摆摆手，连声说道："不客气，不客气。"

徐福见老太太对自己没什么敌意，便用温和的口气问道："老人家，你们这一带没有水吗？"老太太见徐福问起水的事，有气无力地答道："原来树林附近有条小河，我们喝水都是从那里打的。可这两年连续大旱，连小河的水都干了，想要喝水就要到很远的地方去打才行。"

徐福正跟老太太说着话，只听呼啦一声，一个壮汉从外边闯了进来。徐福回头一看，壮汉个头不高但很粗壮。刚要上前和他打招呼，只见壮汉已经举着手中粗粗的木棍向徐福劈来。徐福手下的人拔剑挡住了迎面打来的木棍，正要刺向那个壮汉时，徐福抬手拦道："慢！"

壮汉还要挣扎着跟徐福他们拼命，但被徐福手下的人死死地按在了地上。徐福转身问老太太："老人家，他是你什么人？"老太太边回答徐福的话说壮汉是她儿子，边朝着被按倒在地的壮汉说："我儿，你莫胡来，他们是好人！"

徐福听老太太说这个壮汉是她儿子，于是命令手下的人放开他，并亲自上前把他扶了起来。壮汉站起来二话没说，往回走了几步，把用皮缝制的一个口袋拎了过来。老太太用手过来接着，壮汉把水一点点地倒在了老太太的手心上。老太太把壮汉倒在自己手心里的水端到了孩子的嘴边，然后小心翼翼地给他喂了下去。

徐福低头看看壮汉拿回来的装水的皮口袋，问道："壮汉，这水是从哪儿弄来的？"壮汉侧身望着徐福的脸，盯了一会儿之后警惕的神情消失了，然后用缓和的语气说道："离这很远的地方有条大河，附近的小河干涸后，大家都是到那里去打水。"

徐福听说到很远的地方才能找到水，便与壮汉商量道："壮汉，我们是路过这里找水的。我们有马，能请你带我们去找水吗？"徐福说完，又让人从袋子里拿出一些吃的放在了老太太和小孩儿眼前，接着对壮汉说："这是一点吃的，送给你们就算是感谢吧。"壮汉看小孩儿已经抓起徐福给的东西，并十分香甜地吃起来，于是用力点了点头答应了徐福的请求。

过了很长时间，突然听到村口那边有人喊道："打水的人回来啦！打水的人回来啦！"只见一队人马走进村来，马背上的大罐子都装满了水，边走还边溢出一些来。壮汉带着徐福的人把水打了回来，放在了一块空地中央。

周围的人们纷纷从洞穴般的屋里钻了出来，来到装满水的坛坛罐罐周围。徐福让大家把自己带来的皮袋子打开准备好，然后让人把打来的水分给他们。分水的人一边喊"不要抢，不要抢"，一边把水放进村落人们端着的容器里。

夜幕降临，徐福船队的人和当地的人们一起在空地上点起了团团篝火。有的在做饭，有的在烤肉，还有很多人围着篝火观看。有的坐着，有的半卧着，有的站着，没有多长时间，大家互相之间都变得十分熟悉了。

徐福的人把烤好的肉切好端了上来，徐福拿起一块递给了坐在他旁边的壮汉说："吃吧，这是我们带来的羊肉。"壮汉抓起一块羊肉吃了起来，连声说好吃、好吃，并告诉徐福说："天不旱的时候，我们在附近的小河里不仅可以打水喝，而且还能抓到鱼，跟你们一样，也是围着篝火烤着吃的。"

徐福边吃边对壮汉说："这喝水的事与穿衣吃饭不同，缺一点儿也不行。你们这里就是不旱，也要去那边的小河里去打水，没觉得很不方便吗？"壮汉听了徐福的问话觉得有些奇怪，说道："徐大人，我们祖祖辈辈都是这样，在附近能打到水就不错了，否则像今年这样的大旱，就得跑到很远的地方打水才行。"

徐福听后点了点头，对壮士的说法表示理解。他端起碗来喝了一口水，然后对壮汉说道："生活中一日不可无水，大家总去那么远的地方打水实在很不方便。这样吧，我们能在这里与大家萍水相逢也是缘分，看看能否帮你们打口井，这样无论旱涝都不用愁没水喝了。"

壮汉没听明白徐福的话，带着疑惑的目光问徐福："井？井是什么东西？有了它就会有水喝了吗？"徐福觉得打井取水的事一句话两句话跟壮汉解释不清，转身向身边的井匠吩咐道："明天你们在这里好好勘察一下，看看能不能打出水来。"旁边的井匠拱手答道"是"。

徐福又接着对壮汉说道："打井就是在地下寻找水源，如果能找到水源，再把它挖出来，这就是井。有了井就有了水，这样就不用跑到很远的地方去打水了。"壮汉无论如何也想象不出徐福说的井的样子，但他对不速之客的能力是信服的，只好像懂了一样点了点头。

第二天，井匠带着一群人在村里村外进行水质勘察。开阔的大地上由于干旱出现了很多裂缝，井匠带着人一边仔细观察着地面情况，一边寻找水源。走着走着井匠站了下来，只见他把手放在眼睛上遮挡住灼热的阳光，然后眺望远方察看着山峰的走势。

根据井匠的经验，顺着山脊延伸并且地势较低的地方容易找到水源，因为那里会蕴藏着丰富的地下水，自然也是一个打井的好地方。井匠几次从高处看到低处，最后把目光落在了一处离村庄不远，长着很多青草的地方。井匠对跟他来的人们说道："咱们就在那儿打井吧。"

一直跟在井匠后面的壮汉觉得很奇怪，心想找了这么一大圈，为什么最后会把地方确定在了那里。他不解地问井匠："这么大的地方，你怎么知道这里会有水呢？"井匠笑了笑答道："壮汉请看，这一带虽然十分开阔，但绝大多数的地方都已经旱得干裂，上面的草木也已枯萎。只有那一带还留有一些绿草，说明下面有较充足的水源。"壮汉一听，觉得井匠说得十分有道理，更加从心里敬佩徐福一行的聪明才智。

井匠带人把打井用的东西拉到了长有绿草的地方，然后支起了高高的井架。架子中间吊着一个锥形打井钻头，钻头是用铁铸造的，中间呈空洞状，上面有两个泥斗。打井时把钻头用力往下钻，被挖起的泥沙就会存留在泥斗里，等泥斗满了以后再把它拽到上面来倒掉。

一切就绪后，壮汉和大家一起开始热火朝天地打起井来。井越挖越深，周围逐渐堆起了高高的泥土。一些井匠在旁边用木板搭成圆形的井筒子，然后再把它们慢慢放进打好的土坑里。这种又圆又直的井筒子放到里面之后，不仅可以防止周围泥土坍塌，而且一口圆井也逐渐形成。

井越打越深，吊起来又放下去的打井钻头不断地翻起泥沙，一口水井正在慢慢形成。井匠不断地把井筒子续入井里，打着打着，当再次把打井钻头拽上来的时候，泥沙中有水向外渗了出来。

突然听见有人喊了起来："见水了！见水了！"井匠们这才反应过来，一边用手攥着湿湿的泥土，一边跟着叫喊的人欢呼起来。壮汉见状不知发生了什么事情，只是迷惑地看看这个，看看那个。

又过了一会儿，一口深深的水井打好了。大家朝下望去，里面闪动着粼粼水光，从地下深处冒出的水逐渐积累起来。井匠带着兴奋的语气对大家说："打了三丈深总算出了水，再往下挖几尺这口井就彻底完成了！"大家一听更是干劲倍增，一边继续打井，一边开始在井口周围搭起了围栏。

井里的水已经积累到足够的深度，井匠们把上下拽动的钻头取下换上了水桶，然后放到井底从里面打上来一桶混浊的水。井匠走上前去，用手从里面捧出水来喝了一口，然后露出了满意的笑容："嗯，水质不错，甜甜的。"这时壮汉和其他打井的人都围了上来，纷纷用手喝水并相互看着笑了起来。

水井打好了，村里很多人都跟着徐福来到了水井旁。大家一边品尝着井里的水，一边向徐福拱手表示感谢。老太太带着孙子不断向徐福作揖，壮汉也感激地在一旁看着。徐福站起来走到老太太跟前，双手扶着老太太的胳膊说："井打好了，以后不仅喝水方便了，而且还可以用水种粮食吃。"

井匠教给村里人从井里打水的方法，他在一个陶罐子上系了一条长长的绳子，然后把它放到井底，过了一会儿便拽上来满满一罐的清水。壮汉也学着井匠的样子，把手里用兽皮缝制的口袋也接上了一条长绳子，然后放到了井里。过了一会儿，壮士开始往上拽，觉得手里轻飘飘的。把皮口袋拽上来一看，果然一点儿水也没打上来。

　　壮汉满脸委屈地把手里的皮口袋给徐福看："徐大人，我们这里祖祖辈辈都是用这种皮口袋到河里打水，可现在不行了。"徐福把皮口袋拿过来端详了一会儿，说道："口袋缝得不错啊，怎么不能打水了？"壮汉答道："以前拿皮口袋打水，都是把皮口袋按到河里，灌满后拿回来。现在井水很深，就是把皮口袋放到井里去也打不上水来，因为一是井口太小，二是口袋太轻，水进不去。"

　　徐福这才察觉到村里人还没有打水用的陶罐。他转身让人拿来刚才打水用的陶罐给壮汉看，并说道："壮汉，你再拿这个试试。"壮士接过陶罐，觉得手里沉甸甸的，拍了拍感到十分坚硬结实。

　　壮汉把陶罐放入了井底，学着井匠的样子晃动了几下，立刻觉得绳子有些下沉。当他把陶罐拽上来时，满满的清水出现在了他的眼前。壮汉连声说道："这个东西真好！一下就能把水打上来。"徐福笑着对壮汉说："这种陶罐，不仅能沉到井底打水，而且还可以作为容器放在家里存水。"

　　壮士把陶罐拿起来又仔细地看了一遍，并用手敲了敲，然后跟徐福说："这么结实的东西是用什么做的呢？"徐福答道："是用泥做的。"壮士听说是用泥做的显得有些惊讶，但二话没说转身就走了。

　　过了不一会儿，壮士手里拎着个罐子又回来了。他把罐子放在徐福面前,十分不解地问道:"我们这里的罐子也是用泥做的,晒干后很坚硬,装什么都行,就是不能盛水,因为它一见水就会被泡软。"

徐福从壮士手里接过罐子并拍了几下,罐子发出了砰砰的坚硬声音。徐福笑了笑对壮汉说:"你这种泥罐子尽管很硬,但毕竟还是泥,所以遇到水就会变软。我们的罐子虽然也是用泥做的,但它是经过火烧而成的陶器,即使泡在水里也没问题。"

壮士听徐福说他们的罐子是用火烧成的,觉得十分神奇,他二话没说,往后倒退了两步"扑通"一声跪倒在徐福面前:"请大人把烧制陶罐的方法也教给我们,不然就是有了井,大家也无法把水打上来并存在家里。"徐福赶忙扶起壮汉说道:"好,帮人帮到底,明天就教给大家烧制陶罐的方法。"

第二天一大早,徐福带来的陶工就和大家来到了一片宽阔的空地。在陶工的指导下,有人在和泥,有人在用手捏制罐子,还有人从远处把干柴运来。陶工一边干活儿一边对周围看着的人说:"陶器可以根据用途做成各种形状,口大的可以到井里打水和盛水,口小的可以用来装粮食或保存其他东西。"

陶工边讲解边做给大家看,村里的人都十分好奇热心地跟着陶工学做各种形状的陶器。一个个形状各异的陶罐做好了,整齐地摆在了那里。陶工带领大家搭起了一个拱形的烧窑,然后把做好的陶罐一个一个地摆了进去。

陶工对大家说:"陶器虽然是用泥做的,但经过烈火烧烤就会变得坚硬。不仅可以用来盛水,而且搬运时即使有些碰撞一般也不会损坏。"陶工见所有的陶罐都已经摆进了窑里,于是让手下人把烧窑的门用石块和泥土封上,并点燃了放在下面的干柴。随着噼噼啪啪的响声，熊熊烈火在烧窑下面烧了起来。

几天过去了，早已停火的烧窑完全凉了下来。陶工们带人打开烧窑，从里面取出了一件件被火烧得红彤彤的陶器。壮汉上前拿起一个陶罐，然后用手拍了拍，陶罐马上发出了清脆悦耳的响声。壮汉高兴地对陶工说："泥罐子这一烧还真不一样了，不仅颜色好看，而且质地也变得十分坚硬！"

水井打好了，烧陶的方法也传授了，徐福船队决定继续北上寻找童颜仙人所说的蓬莱国。海岸上人来人往，有的用马拉水，有的担水，给各船补足了需要的淡水。壮汉和村落里人也都来到海边为徐福船队送行，徐福拱手对大家说："大家请回吧，我们找到仙药后或许还会路过这里，咱们后会有期！"

男岛女岛

  徐福船队出发后，按原订计划继续朝着东北方向进行。船队航行了几日后，海面上风浪渐起，虽说是白昼，但远处乌云密布，行云滚滚，很快就遮住了大半个天空，周围显得十分昏暗。

  徐福迎风站在船头观察着天气，旁边的大船船长对他说："徐大人，从乌云的形状和滚动的速度看，好像要有暴风雨来临，我们该如何是好？"徐福边继续观察着天气边对大船船长说："嗯，浓云来势凶猛，通知船队尽早靠岸躲避风雨。"

  船队接到命令后开始向海岸靠近，但此时大风已骤然四起，船帆被风吹得鼓鼓的，船体在风浪中摇晃颠簸得十分厉害，令人几乎难以站立。扶着栏杆勉强站在那里的徐福向船长喊道："风势越来越大，告诉大家马上靠岸，免得被大风吹散！"

  到了傍晚，风越吹越猛。海面波涛汹涌，电闪雷鸣，暴雨倾盆，徐福船队在风雨中几乎寸步难行。不少船只在风浪的颠簸中已经东倒西歪，有的甚至如同断了线的风筝一般，被飓风裹挟着渐渐远离船队，消失在茫茫大海之中。

风浪越来越大，天色也越来越黑，船只已经被四处吹散，颠簸在波浪翻滚的海面上。远远望去，有的船正在海浪中出没，有的船已经被巨浪掀翻，船上的人纷纷落入海中。徐福和大船船长匆忙躲进了船舱，船体晃动得十分厉害，徐福等人几次想站立都被摔倒在了船上。

　　船舱里大船船长和徐福相互扶着站了起来，两人勉强从小窗里向外张望海面的情况。透过乌云，他们看到前方隐隐约约仿佛有几个小岛浮现在海面，船长对徐福说："徐大人，前面好像有岛屿，我们可以到那里先躲避一下。"

　　随着风向，徐福船队都被吹向了岛屿那边。不一会儿，一些船只已经靠岸，但七零八落不在一处，整个海岸线上到处都是船只。天完全黑了下来，风雨依然很大，无法点燃火把照明。徐福命令各船抛锚把船只固定好，先在船中过夜，待天亮后再做决策。

　　一夜过去了，天边露出了朝霞。海面虽然已经变得风平浪静，但被折腾一宿了的徐福船队却个个都显得疲惫不堪。徐福在昏暗的船舱里醒来，正要吩咐大船船长查看各船情况，突然听到船舱的上面有人叫喊。

　　徐福起身刚要出去看个究竟，只见船舱门已被打开，一群几乎衣不遮体的男人，手拿棍棒把舱门团团围住，并不断乱喊乱叫着。受到惊吓的兵士一下把昨晚的疲劳忘在了脑后，手拿利剑赶紧冲到了舱门口。

　　说时迟，那时快，还没等兵士们举起刀剑跟那些人较量，早已被一顿乱棍打倒在地。因船舱门过于狭小，船里的人无法冲出去，只能堵在船内看着门口的那些大汉。过了一会儿，大汉们见船内的人都被吓呆了，于是手举木棒试探着向船内冲了进来。

严阵以待的兵士们这时已经缓过神来，立即拿起刀剑进行把守。舱门口不断有人把棍棒伸进船舱，试图击打里面的人们。但随着兵士挥动利剑，伸进来的棍棒很快就被切成了两截，吓得那些大汉只好又退了回去。

徐福一看船舱口被上面的人堵得很严，如果硬往外冲容易受伤，于是对身边的人说道："估计是遇到抢劫的强盗了，挑几样好东西扔上去，让他们放我们出去。"徐福手下的人随便在身边找了一些东西，边冲着上面喊边把东西一样样地往上扔："各位兄弟，这些好东西都给你们了，放我们出去吧！"

东西从船舱口扔到了上面，拿着棍棒等的男人们纷纷上前抢夺。船舱里的人一看舱口已无人把守，立刻趁势拿着刀剑冲了出来。上面的大汉们回头一看，只见徐福的人手里都拿着一把把冒着寒光的刀剑，吓得连连后退几乎瘫倒在地，抢到东西的人撒腿拼命逃窜。

徐福也随后来到了船上，他让手拿刀剑的兵士不要去追赶那些大汉，而是要把船守好。徐福站在甲板上向四周看了看，眼前是一座大岛，周围还有几个小岛，风暴吹散的船队虽然大部分已经靠在了岸边，但有些被吹到了其他几个岛屿的附近。

被吓得连滚带爬的大汉们都从船上滚到了岸边，手拿棍棒虎视眈眈地盯着徐福他们。他们满脸惊魂未定的样子，胆战心惊地一边朝徐福这边探望，一边做出如果不妙拔腿就跑的架势。

徐福见状，一边招手示意让大汉们过来，一边说道："大家不要怕，我们只是路过这里，不会伤害你们。你们谁是头儿，我有事要向他请教。"男人们面面相觑，你看看我，我看看你，没人敢出头到徐福跟前去。僵持了好一会儿，一个身材魁梧、满脸胡须的大汉喊了一声："我是头儿，有什么话跟我说吧！"

大汉说着就拎起木棒朝徐福走来，一个兵士马上上前把他拦住。徐福伸手示意兵士不要阻挡这个大汉，并让手下人搬来两个坛子放在了甲板上。徐福手指坛子说道："大汉请坐。"大汉看了看坛子，又看了看徐福，觉得没有什么危险就一屁股坐在了坛子上。

徐福也坐在了另一个坛子上，并拱手说道："大汉，我们是去蓬莱国寻仙采药的，途中被飓风吹到了这里。请问，这一带是什么地方？"大汉坐在坛子上见徐福温文尔雅，便用手中的棍子在周围画了个圈说道："这一带除了几个岛子以外，周围是一望无际的大海。虽然岛子有好几个，但有人的主要是两个：一个是你们来的这个地方，名叫'男岛'，是这一带最大的岛；还有一个叫'女岛'，就是前面那个看着比较大的岛。"

徐福听说这里分男岛和女岛，觉得很奇怪，于是追问道："岛子被分男岛和女岛？这么说现在这个男岛上只有男人没有女人了？"大汉点头说道："男岛当然不能有女人，这是老祖宗留下来的规矩。"

徐福听后越发感到不解，便继续问道："你们老祖宗为什么要让男人和女人分别居住在不同的岛上呢？"大汉觉得这是理所当然的事没什么好解释的，但一想徐福他们是外来人，或许对这个规矩感到很新鲜，便耐心地解释道："男人女人同居一岛，不免产生淫乱之事，这样就会惹怒海神，派大鱼在我们出海捕鱼时掀翻我们的小船。"

徐福一听才知道是这里的祖先为了不惹怒海神，才不让男人和女人同住一岛，以此来防止大鱼在海中作祟。徐福心想身到异地理应入乡随俗，于是以商量的口气对大汉说道："你们这分男岛和女岛，可我们被飓风吹到了这里，船上带着很多男孩儿和女孩儿，可以让他们暂时一起住在男岛吗？"

大汉一听漂到岛上的还有女孩儿，一下站了起来，显得非常着急地说："有女孩儿？那可不行！我们这里是从来不让女人上岛的，如果有上来的，只要岛上的男人见到就会被杀掉。"徐福一看说有女孩儿在船上就把大汉急成这样，便带着几分玩笑的口气说道："见女人就要杀？那我要问问你，岛上没有女人，又怎么传宗接代呢？"

大汉明白徐福的意思，哈哈大笑了起来："哈哈哈，我们这儿没有女人，可对面的岛上有啊。男岛的人每年可以去女岛一次，这样不就可以传宗接代了吗？"徐福听了大汉的解释也笑了起来，说道："原来如此，这么说不管男女，小孩儿都是在女岛上养了？"

大汉朝徐福竖起了大拇指说道："你真是聪明人，女人有了孩子后自然要在女岛养育，但男孩儿长大后一定要带回男岛。"徐福听后点头表示理解，沉思了一会儿向站在一旁的大船船长说道："飓风把我们吹得七零八落，需要好好休整一下才能继续前行。入乡随俗，我们稍事休整，然后就把女孩儿都用船先运到女岛上去。"

大汉见徐福决定把女孩儿先送往女岛，心里感到很高兴，但仍有些担心地对徐福说："谢谢你能按着我们的风俗去做，但男岛的人每年去女岛时也并不那么容易，经常是走着走着就会遇到大鱼作祟，有时甚至还会船翻人亡。"

徐福听说居然会有大鱼把船弄翻，便向大汉问道："是什么大鱼，竟有如此大的威力？"大汉答道："大鱼身长数丈，行走时吐水如柱，翻动时巨浪滔天。海上航行时若是遇到这种鱼，大船会随浪翻滚，小船则有被掀翻的危险。"

徐福根据大汉的描述想象了一番，觉得大汉所说的大鱼或许就是被秦始皇做梦斩掉的鲸鱼之类。但居住在海边的齐人，不但具有制服鲸鱼的办法，而且还把它们打上来作为食物。徐福想到这儿对大汉说:"大汉,我们一起把女孩儿送到女岛吧。如果途中遇有大鱼作祟,我们可为你们把它除掉。"大汉听了徐福的话,喜出望外地睁大眼睛问道:"大鱼力大无比,自古以来害人无数。你们若能为民除害,我愿意亲自给你们带路。"

徐福船队汇拢到男岛后修整了两天,然后用两艘大船载着女孩儿们离开男岛向女岛驶去。飓风过后晴天连日,天空格外明亮湛蓝,海面上碧波万顷十分安详。徐福和大汉迎风站在船头,望着前方越走越近、越来越大的女岛。旁边弓箭手一字排开,带有倒钩的铁箭头已经放在了弦上。徐福用手指着身边一名弓箭手的箭头对大汉说:"如遇到大鱼,咱们就用这个对付它。"

载着女孩儿的两艘船继续朝女岛方向行驶,走着走着突然看到不远处的地方冒出一个高高的水柱。大汉指着前方惊叫道:"大鱼!大鱼来了!"徐福盯着正往自己这边游动的大鱼,高声喊道:"弓箭手准备!"随着一道传令声,各船弓箭手一齐将弓箭举起瞄准了远处的大鱼。

两艘大船逐渐靠近大鱼,黑黑的脊背和高高的水柱已经看得十分清楚。大船离大鱼越来越近,大鱼的翻动已使船只开始颠簸。大汉见状显得惊慌失措,看看徐福又看看弓箭手们,不由得向后退缩。这时只听一声"放箭!",弓箭手把箭一齐射向大鱼,每根箭的后面还带着一条细细的绳子。

每个箭头都带有回钩,射中大鱼后死死地把它钩住,鲜红的血液渗出了海面。受了伤的大鱼惊慌地掉头朝大海深处逃去,身上的箭头把后面的绳子拉得笔直。大鱼像一匹马拉着两驾车一样,使劲逃命将大船拉向大海深处。大船在海面上颠簸着,被动地随着大鱼向前移动。

过了没多大工夫，浑身受伤的大鱼显得有些精疲力竭，身上的血也基本流光，肚皮开始慢慢向上翻起，然后一动不动地横在了海面上。大汉见大鱼被制服了，一个劲儿地拍手称快，徐福转身对大船船长说道："正好去女岛没有见面礼，就把大鱼拖在船后带去吧。"大船船长于是下令船只向女岛方向全力前进，船后拖着那个已经完全咽气的大鱼。

　　又航行了一个时辰，两艘大船逐渐靠近了女岛。远远望去，隐约可见岸上的女人们正在摆手欢呼。大船慢慢靠岸，站在船头的大汉朝着下面的女人们喊道："喂，有日子不见啦，你们过得怎么样？"喊声刚落，只听船下的女人们先是发出一阵尖叫，然后伴着一片笑声朝大船这边跑来。

　　一个女人朝着走下船的大汉喊道："大哥，这次咋来这么早？是不是想我们了？"其他女人随之发出了一阵浪声浪气的笑声。大汉边往下走边向女人们摆手说道："那还用说啊，想你们的人多啦。"说到这儿，大汉突然把笑容收了起来，带着严肃的口气说："但这次可不是专程来会你们的，是为了把一些女孩儿送到这里。"女人们一听男人们是为这事儿来的，显得多少有些沮丧。

　　船停稳后，女孩儿们排着队从上面走了下来，带着陌生和惊恐的眼神看着女岛上几乎衣不遮体的女人。徐福和大汉走到女人们前面，大汉指着徐福给她们介绍说："这位是我新交的朋友，刚才在来的路上还为我们制服了大鱼。"

　　女人们先是看了看徐福等人，觉得他们穿着打扮很新鲜。然后又顺着大汉手指的方向朝海里看去，海面上横卧一条大鱼。女人们一见如此硕大的鱼横卧在自己眼前，有的惊讶得张开大嘴，有的吓得接连往后退了几步。徐福笑着说道："大家不用怕，大鱼已经被射

142

死，而且还要让它成为我们的腹中之物，今晚一起美餐一顿。"

夜幕降临了，徐福船队的人在女岛的一片空地上搭起了营帐。兵士们在空旷的野地上点起了簇簇篝火，男人女人们围在那里一起烤大鱼吃。海边上的兵士不断用刀切下大鱼的肉，装在篓子里送给篝火旁边的人们。

徐福和大汉，还有跟大汉打招呼的女人围在一个很大的篝火旁。大汉边吃烤鱼边问徐福："对了，忙活了半天了，还没问你们是从哪儿来的呢？"徐福这才意识到，可不是，跟大汉这些人从交锋争斗到成为朋友，还没把自己的身世做个介绍，于是答道："我们是从海那边的大秦国而来，准备北上去寻仙找药。"

大汉听了徐福的话后感到有些迷惑不解，一是不知道大秦国是在何处，二是听说徐福是来寻仙找药的，觉得很奇怪，便接着问道："大秦国在哪儿？你们是怎么从大海那边过来的？"徐福答道："大秦国在大海遥远的对面，我们是经历了千难万险才来到这里的。"

大汉先是朝停泊在海边的大船望了望，从大船的航海能力和制服大鱼的事实看，他觉得徐福说的都是实话。大汉心想徐福他们既然有那么大的船，能漂洋过海来到这里并不奇怪。奇怪的既然是大秦国，就不会缺少什么药，这些人为何偏要跑到这里来寻仙采药呢？

于是大汉向徐福问道："你们是要到哪里寻仙，想要采什么药呢？你们大秦国都没有，这茫茫海上就能有吗？"徐福说："我们要找的是神仙，想采的是仙药。因为我们是方士，自古以来就相信海上有神山，而且还住着仙人。如能找到神山，拜见仙人，就可采到仙药，所以才冒着大风大浪来到了这里。"

大汉又问："海上真的有神山和仙人吗？你们要找的仙药是什么？找它有什么用？"徐福解释道："相信神仙之道的方士，自古相传海上有蓬莱、方丈、瀛洲三座神山，神山上住着服用仙药得以长命百岁的仙人。仙药就是吃了可以强身健体，益寿延年，长生不老的药。"

大汉一听是这么回事，略带自豪的语气对徐福说道："神山和仙人我没听说过，但要说延年益寿的药我们这里也有，吃了不仅可以包治百病，而且还能返老还童！"徐福一听，顿时露出十分渴望的神情，忙追问大汉道："是何种良药，能有这般神奇功效？"

大汉对徐福说："这种东西我们这管它叫'Ashitaba'，写出来就是'明日叶'。虽说是一种草木，但岛上自古以来就把它奉为万能良药。"徐福听了愈加显出浓厚兴趣，于是又问道："为什么管它叫'明日叶'呢？"

大汉一看徐福对自己说的"明日叶"有兴趣，便眉飞色舞地向徐福描述起来："'明日叶'就是明天的叶子的意思。它是一种草叶，生命力非常强，摘下后不但不枯萎，而且第二天还能长出新芽。我们当地人觉得它很神奇，认为吃了这种叶子人也能和明日叶一般，可以永远拥有明天。"

徐福听了大汉的解释后，觉得这种叫作"Ashitaba"的明日叶的确是很神奇，于是拱手拜道："'明日叶'居然有如此神奇之效，或许它正是我们要寻找的仙药。明日返回男岛后，还请大汉指教！"大汉边吃肉边摆手说道："不用指教，男岛上多的是，等回去后带你们去找就是了。"

夜深人静，人们都离开篝火返回各自的住处睡觉去了，唯有徐福的营帐里还露着微弱的灯光。徐福伏案写着日记，把这几天遇到飓风和听大汉所说明日叶之事都一一记了下来。写着写着，徐福忽然听到外边有动静，忙掀开营帐的窗帘向外张望。只见白天的那个大汉正深一脚浅一脚地在夜幕中行走，其方向是女岛的深处。徐福见此景，脸上露出了会心的微笑。

第二天清晨，女岛海边上聚集着很多人。徐福和大汉等人将要返回男岛，不少女人前来为他们送行。后面还跟着一些暂时寄居在女岛上的女孩儿，带着依恋和不解的目光看着大人们的一举一动。

大船船长指着放在地上的一些筐对女人们说："这些是从大鱼身上切下来的肉，已经用盐腌上了，留给你们慢慢吃吧。"女人们一听高兴地直拍手，一哄而上，分别把筐抬走了。昨天跟大汉很熟悉的女人这时依偎在大汉的身旁，脸上现出一副恋恋不舍的样子。大汉轻轻拍了拍女子的脸颊说道："等着我，用不了多长时间就到一年一次相逢的时候了，到时候我还找你。"女子露出了满意和腼腆的笑容，含情脉脉地点了点头。

徐福上船之前看看那些睁着小眼睛似乎是在央求把她们带走的女孩子，说道："孩子们，我们是按着当地风俗把你们暂时寄放在这里的。这里的人都很好，你们不用害怕，过几天就来接你们。"女孩子们似乎听懂了徐福的话，有的眼睛里露出了晶莹的泪花，有的向徐福不断地点头。

徐福的大船迎着朝阳起航，离开女岛朝大海深处驶去，岸边的女人和孩子们一直摆着手，直至离去的大船消失在茫茫大海之中。

收获明日叶

秋高气爽，男岛孤零零地伫立在浩瀚无边的大海上，在阳光的照耀下显得格外醒目。海面上水光潋滟，微波粼粼，烟雾氤氲。

回到男岛的第二天早上，大汉就来到徐福住的地方连声高呼："徐先生，徐先生！准备好了吗？咱们该走了！"徐福从门里走了出来，应声答道："来了，来了。"只见他脚穿布鞋，打着绑腿，手拿锄头，背着筐篓，头戴草帽，一副要出门远游的打扮。

大汉见徐福走了过来，而且一身严阵以待的打扮，哈哈大笑地说道："你们的穿戴可真全啊，不像我们，一件蓑衣既能掩盖身体，又能遮风挡雨。"大汉没见过徐福手中的锄头，好奇地指着问道："这是个什么家伙？"

徐福把锄头拿起来放在大汉眼前说："这叫锄头，是种地时刨土用的，咱们去采药少不了这东西。"大汉接过锄头觉得沉甸甸的，用手弹了弹随即发出几声浑厚的金属声。大汉又举起锄头往地上刨了两下，地面立即翻起了几片泥土。大汉心领神会地朝徐福笑了笑，竖起拇指对锄头表示赞赏。

徐福带了十来个人跟在大汉后面向男岛远处的山地走去。

大家来到山脚下，在准备上山前大汉对徐福说："我们采明日叶多在春天开花的时候，因为那时比较容易识别。现在已经时至深秋，而且草木茂盛，明日叶花期已过，不是很好找。不过不要紧，一会儿我先找一棵让大家认识一下。"徐福和众人听后表示理解和同意，便跟着大汉开始爬山。

路上大汉兴致勃勃地给徐福他们讲起男岛起源的传说。说是在非常遥远尚未开化的年代，男岛曾是一座从海底冒出来的火山。那时候地震频繁，海啸不断，生活在岛上的人备受其苦。

有一回火山再次爆发，整个男岛被火山岩浆吞噬，海啸一阵接着一阵。男岛再次遇到灭顶之灾，整个岛上得以存活的只有一个在山洞中待产的孕妇。孕妇的名字叫丹那，火山沉静海啸消失之后，幸存的丹那产下一个男婴。丹那自食其力，利用岛上各种能吃的东西把孩子养育起来，直至长大成人。

岛上的人都因为火山爆发而死光了，多少年来一直只有丹那母子二人。儿子越长越大，成人之后自然对女人开始感兴趣，可眼前的女人只有把自己养大的母亲。丹那十分理解儿子的心思，白天尽量多给儿子更多的母爱，只是在睡觉的时候让儿子单独睡在别的地方。

一天，丹那睡得正香，忽觉有人在摸自己的身体，她立即明白是儿子忍受不住煎熬来到了自己身边。丹那本想拒绝儿子的无礼行为，但转念一想如果能生出更多的孩子，这岛上就不会像现在这样孤独寂寞了。在远古尚未开化的年代，丹那的想法十分自然。从那以后每当儿子来的时候，丹那都假装睡着，任凭儿子摆弄。天长日久，丹那接连生了好几个儿子和女儿，结果又相互交合，代代相传，使男岛的人口逐渐多了起来。

徐福他们觉得男岛的传说既离奇又合乎情理，相信在远古人之初始尚未开化的年代，大汉告诉他的这个传说是有可能存在的。不管怎么说，大家一边听大汉讲故事一边爬山，还真没觉得怎么累就来到了半山腰。

大汉走在最前面，徐福等人紧随其后。大家在茂密的树丛中艰难地行进着，边走边寻找明日叶。走着走着，大汉顺手从地上捡起一个果实，拿给徐福看："徐先生，你看，这是明日叶结的果子。"徐福接过大汉手里的果实端详了一会儿问道："我们找的明日叶，是什么地方可以入药的呢？"

大汉满脸认真地说："明日叶的意思在女岛上跟徐先生说过，还记得吗？"徐福答道："当然记得，说它生命力极强，今天摘下的叶子明天就会长出新叶子，所以叫'明日叶'，对吧？"大汉满意地笑了："徐先生果然是个有心人，所以明日叶最好的部分是叶子，其次是根茎。明日叶一般能存活两三年，但一开花结果就会枯萎，因为所有的养分都已经用尽了。"徐福边听边点头，既像是问大汉又像是自言自语地说道："这么说我们要的就是明日叶的叶子和根茎部分了。"

大汉拨开身边的草丛，仔细地在里面寻找着。过了好半天，大汉从草丛中抓起一把叶子，并举起来高兴地喊道："找到了，找到了！"大家把大汉围了起来，十几双眼睛一下盯向大汉手里的叶子。只见明日叶的形状有些像枫叶，从叶子到茎都呈现着碧绿的颜色。

大汉把手里的明日叶分发给周围的人们，并解释说："我们这儿的人，管明日叶也叫长寿草。春天把它采来当菜吃，夏天把它晒干当药用。它不仅营养价值高，而且还有防止衰老、健身强体、疏通

148

血脉、利尿提神等功效。所以我们这儿的人若是有个小病小灾啥的，就用它来煮汤喝。"

徐福听后觉得大汉说的明日叶确有延年益寿之效，便吩咐带来的人说："看来这种叶子药效不凡，只是我们不能在此久留。大家尽力寻找，多采一些晒干带上吧。"

一连几日，徐福的人都跟着大汉到山上采集明日叶，徐福住的地方的房前房后，也到处晾晒着采集而来的明日叶。徐福在晒叶子的空隙中边走边看，叶子已从翠绿色变成暗黄色。大船船长跟在徐福后面，边走边对徐福说："徐大人，已经采回很多明日叶，并且晒干封好，出发时装在船上。"

夜色降临，各处的房屋烛光闪烁。徐福正在屋里和大汉喝酒，只见他举杯对大汉说："多谢大汉指教，令我徐福能在此得到像明日叶这样的仙药。"大汉也举杯说道："一个漫山遍野到处都有的东西，徐先生何足挂齿？听了徐先生说的话，看到你们拿的东西，我们倒是长了不少见识。"

两人边吃、边喝、边聊，过了一会儿，大汉对徐福说："那天去女岛，见到徐先生能把如此巨大的鱼制服，我们这里的人不仅大开眼界，而且都从心里感到敬佩。"徐福谦虚地笑了笑，说道："海中大鱼不少，尤以这种叫鲸鱼的为大。它虽然体硕力大，能作浪翻船，但若将之制服，不仅可以保证海上安全，而且还能获得很多肉吃。"

大汉回想起那天大鱼被制服的情形，拱手向徐福说："正如徐大人所说，这种叫鲸鱼的大鱼对我们来说危害太大了，可我们一直拿它没办法。敢问徐先生，能否教给我们捕获鲸鱼的方法吗？等你们走后我们也好一举两得。"

徐福听大汉说要跟他们学习捕捉大鱼的方法，非常爽快地答道：

"当然可以，明天咱们就出海试试手气。"大汉听了很高兴，一连说了几声谢谢，然后又接着与徐福干杯喝起酒来。

第二天，一艘大船带着几只小船来到了海上。大船是徐福他们带来的，小船是男岛原有的。大船航行在前面，边走边寻找着大鱼的踪迹。站在船头的徐福手里拿着一支箭给大汉看，并说道："你看，我们制服大鱼用的就是这种箭。"

大汉从徐福手里接过箭仔细端详起来，这是一支整体用铁做成的箭，箭头不仅很尖，而且两面还各带一个倒钩。徐福在旁边解释说："一般的箭射出去就回不来了，但这种箭不一样。这种箭全部是用铁铸成的，不仅两面带倒钩，而且后面还拴有一根又细又结实的绳子。射中大鱼后倒钩能把鱼钩住，然后在鱼逃跑时放绳子跟踪，直至大鱼筋疲力尽后再把它拽回来。"

两人正说着，大船船长走过来向徐福报告说前方发现大鱼。徐福和大汉顺着大船船长手指的方向望去，只见一条黑黑的鱼脊背横卧在不远处的海面上。徐福下令道："靠近大鱼，弓箭手准备!"大船渐渐靠向大鱼，在距离大鱼不远的地方，徐福喊道："放箭!"只见十几个弓箭手乱箭齐发，一齐向大鱼射去。

很多箭都射中了大鱼，箭头处血如泉涌染红了海水。受惊的大鱼在海面上用力翻滚，顿时掀起层层大浪。从船头方向望去，大鱼正奋力逃向大海的深处。徐福又令弓箭手开始放松绳子，并让大船随着大鱼逃走的方向行进。大汉带来的小船在旁边看得有些发呆，等大船离去时才反应过来，马上紧紧跟在大船后面向大鱼逃跑的方向驶去。

大船随着大鱼走了没有多长时间，身上一直冒血的大鱼已经无力再往前游去，身体开始慢慢倾斜，泛着白色的鱼肚逐渐露出海面。徐福对大汉说："射杀大鱼必用利器，我们走后就把这些箭留给你们用。"大汉看着已经无力挣扎的大鱼，非常感谢地用力点了点头。大船开始掉头往回走，后面拖着被射死的大鱼。

夜晚，野地上点起了和在女岛时一样的篝火。大家围成一团，大口吃着鲸鱼肉，狂欢畅饮。大汉不断给徐福斟酒，十分感慨地说道："徐先生，你我相见真是缘分。要不是你们来，我们哪知道大海对面还有能人，更不知道如何制服多年作怪的大鱼。"

徐福喝了一口酒后，也急忙给大汉斟上说："古人云，四海之内皆兄弟。自从我们离开大秦来到海中寻找神山，风暴受阻坏事变好事已经不是一回。而且每次都有新的相逢、新的收获。"大汉听了豪爽地笑了起来，连声说："徐先生说得对，从今以后我们就是兄弟了。下一步徐先生打算怎么办？"

徐福答道："我们从末卢国出来时，有个童颜仙人告诉我们蓬莱国上有个不死山，上面不仅有神仙，还有长生不老的仙药。"大汉听后稍加沉思了一下说："蓬莱国？不死山？这个我们不太清楚。不过，很多晴天的时候我们隔海能看到高山，有时烟雾直冲云霄，有时又是被白雪覆盖，徐先生说的神山会不会是那里？"

徐福听后觉得大汉描述的山很神奇，问那座经常变化的山是在何处。大汉手指东北方向说道："顺着这个方向航行，好天的时候就会看到。"徐福一看大汉所指方向正是自己要继续前行的地方，没再说什么，只是满怀信心地点了点头。

又过了一些日子，能采到的明日叶晒干后都装到了船上，徐福船队告别男岛将继续北上。大汉跟随他们来到了女岛，海边上，女人们把寄居在此的女孩儿送回到了徐福的船上。

临别之前，大汉用手指着远方对徐福说："徐先生，从这出发一路向北，就会看到我说的那座高山。目前已是深秋，或许已有积雪灌顶。希望那里就是你们要找的蓬莱国和不死山，祝徐先生马到功成！"徐福也拱手与大汉辞别："多谢大汉指教，徐福将不负皇命奋力向前！"

沼泽受阻

末卢国山脚下的平原上大小房屋鳞次栉比，留守的徐福船队已把这里建成一个犹如小镇般的基地。百业方兴未艾，生活自给自足。大本营东边的海岸一带一片繁忙景象，有的在修理船只，有的在补织渔网，有的在搬运东西。

留守基地的一个船长在海边巡视周围的情况。船上年轻的修理工看见船长走过来，高声跟他打招呼："船长大人，我们什么时候能返航回大秦啊？"船长闻声朝船上望去，也高声答道："怎么的，小伙子，是想老婆了吧？这事你都问几遍了？"说完后，船长和周围的人们都哈哈大笑起来。

船上的修理工知道船长看出了自己的心思，脸上显出不好意思的神情，但嘴上还是辩解说："想回家是真的，有老婆的又不是我一个……"没能说完话，他自己也腼腆地笑了起来。

船长非常理解修理工的心思，也知道出来这么长时间大家都在想什么。于是好像是对修理工，又好像是对所有的人说一样喊道："徐大人他们已经分头去找仙药，前两天还收到徐大人让人送回的信，说是到了一个叫男岛的地方。"

正在海滩上晾晒草药的源藏，听到船长的喊声直起腰来望了过去，嘴里不断重复着船长说的地名："男岛？男岛……男岛是什么地方？"

大本营的夜晚十分宁静，窗前的阿辰正在伏案写字。从阿辰背后看去，桌上已经堆满了她写好的一些大字，在重叠的竹简中露出的部分里可辨认出"秦""徐""福""思"等一些大字。阿辰在写完一个"爱"字之后，拿起来含情脉脉地仔细端详起来。

这时源藏从外边走了进来，看到女儿坐在那里沉思，便假装咳嗽了一声来到了女儿身边。阿辰从沉思中醒来，忙站起来对源藏说："父亲大人来了，恕阿辰未能察觉。"

源藏拉过一把椅子坐在了阿辰练字的桌旁，拿起阿辰写的字一张张地看着。当源藏拿起"秦"字时，若有所悟地笑着对阿辰说："这个字我认识，读'Hata'。"阿辰也笑了起来，对源藏说道："徐先生说了，'Hata'是咱们这的人看见旗子上有这个'秦'字才这么叫的，其实旗子的发音是'Hata'，'秦'字的发音是'Qin'。"

源藏听了阿辰的解释，有些不解地把"秦"字又从桌上拿了起来，并相当费力地发着"Qin"这个音。说了半天也说不好，最后有些气馁地说道："还是'Hata'好读，这'Qin'也太费劲了。"说完和阿辰一起笑了起来。

阿辰给源藏端上一杯茶来，源藏边接过来边看着女儿说："阿辰，父亲见你最近经常闷闷不乐，是不是有什么心事？"阿辰见父亲这么说，显出非常不好意思的样子，连忙推说道："女儿每日织布练字，吃喝不愁，哪还有什么心事啊？"

尽管阿辰极力用话语来遮掩自己内心的羞涩和忧愁，但还是忍不住问道："父亲，徐大人他们已经北上多日，最近有什么消息吗？"源藏心里明白女儿心里一直想着的是徐福，这在徐福还没出海前就看出来了。源藏见阿辰问起徐福之事，故作若无其事地答道："父亲虽然每天都在基地干活儿，但还真没听说有什么消息。"

　　阿辰听父亲如此说，不由得低下头去轻声叹了口气。源藏见状又忙接着说道："不过今天在海边听基地船长说，徐大人让人捎回信来，说是好像到了一个叫男岛的地方，正在那里避风找药。"阿辰一听立刻来了精神，忙问："男岛？男岛在什么地方？离这远吗？"

　　源藏说："父亲每天进山采药，若问山在何处还略知一二，岛在哪里就不知道了。徐先生临行前说是去北方，想必一定是在北面了。"阿辰听了父亲的话后，不由得把目光移向了窗外，深沉地望着远方。

　　夜深了，源藏说要去睡觉就走出了阿辰的房间。阿辰一人站在屋里端详着挂在墙上的一幅字，这是徐福即将北上寻仙找药时写给她的。阿辰看着上面写的"不得仙药，誓不归还"的字样，心里不由得感到阵阵凄凉。

　　虽然自己身在徐福船队大本营，但却与自己尊敬和爱戴的人无法相见。阿辰转身走到窗前，推开窗户，遥望着星空，心中充满了对徐福的想念。阿辰很想知道徐福的现状，更希望能收到徐福写给她的书信。

　　但阿辰心里很清楚，作为一个服侍徐福的女人，这种愿望是根本无法实现的。别说书信，就连想打听一下徐大人的消息也是无从开口。自己既无向人打听徐福下落的理由，也不会有任何人会主动把徐大人的行踪告诉她。

徐福船队离开男岛后继续向北挺进。旭日东升，金光四射，海面上十分平静。徐福站在船头，披着朝霞，迎风而立，全神贯注地注视着远方。透过徐福的背影，在大海远方的深处隐隐约约能看到一条长长的地平线。

大船船长来到徐福身边，指着天边说道："徐大人，从远处的情况看，对面似乎是一片陆地。"徐福刚才也是这么想的，听了大船船长的话，他再次举目望去，一面点头一面对大船船长说："离开男岛后我们又已航行多日，或许是到了男岛大汉说的地方。注意观察，如确定对面是陆地，可准备靠岸登陆。"大船船长说了声"是"，便转身离去。

大船船长登上驾驶台，全神贯注地注视着前方。船队又向前行进了半响，船长眼中的地平线已经越来越清晰，黑黝黝的条状地带明显是一片陆地。大船船长再次来到徐福身边，拱手报告说："徐大人，前方的确是一片陆地，我们要在此靠岸吗？"

徐福顺着船长手指的方向朝前望去，海岸线已经显现在眼前，海岸线的后面是连绵起伏的山峦。徐福凝目仔细观察着前方，只见在山峦起伏的轮廓远处，有一座巍然挺立的山头，山头最上方泛着银色的白光。

徐福以坚定的口气对大船船长说："你看，远方那个又高又白的东西，或许就是男岛大汉说的不死山。我们就在这附近上岸，然后向山头的方向进发。"

徐福船队开始向海岸靠近，大船船长根据地形找到了一处延伸到陆地深处的海湾。大船船长选择着避开礁石的路线，带领船队慢慢驶入海湾，靠近了岸边。海浪拍击着沙滩，泛起簇簇雪白的浪花。开阔的海湾四周可以停泊很多船只，远处的小山和树木等景象都鲜明地映入了人们的眼帘。

船队靠岸后，上面的人陆续走了下来，后面还跟着很多孩子和牲畜等。徐福带人离开海岸朝着内陆走去，深秋的草木大半已经枯萎，阵阵寒风迎面吹来。几只乌鸦被不速之客惊吓得到处乱飞，拉着凄惨的鸣叫声逃向远方。

一些身佩刀剑的探路兵士走在最前面，徐福和大队人马紧随其后。几名兵士走着走着突然觉得脚下发软，眼看着两腿一点点地往地里陷了进去。

"救命！救命啊！"两脚深深陷入沼泽地的兵士拼命挣扎，大声叫喊。然而兵士越是挣扎身体向下陷得越快，不一会儿泥浆就到了兵士的胸部。兵士艰难地呼吸着，脸色由苍白逐渐变为青紫。

"不好，有人掉进沼泽地了！"最前面的兵士大声向后方报告说，并立即把手中长枪递向身陷沼泽的人。身陷泥浆的兵士已难以自拔，幸好两手还露在外边，拼命抓住了伸过来的长枪。几个兵士边让沼泽里的兵士抓紧枪头，边齐心协力地使劲往后拽，经过了几个回合，好容易一点点地把身陷沼泽的人拽了上来。

走在后面的将领慌忙来到沼泽地边，拔出剑来往地上插了几下，只见长剑毫不费力地就深深扎进地里，拔出来时还从下面溢出一些水来。将领来到徐福身边拱手向他报告："徐大人，前方出现一片沼泽地，挡住了我们的去路。"

徐福听了浑身一震，因为他知道若是被草木树丛挡住去路尚有办法解决，要是遇到了沼泽地就不那么简单了。徐福急切地问道：

"沼泽地？面积有多大？深度是多少？"将领答道："在前面探路的兵士大半个身子都陷入了沼泽，大家不敢贸然前进，所以具体情况尚不明确。"

徐福随着将领来到了沼泽地附近，抬眼望去，上面是一片在秋风中摇曳的荒草。徐福看看前方的远山，再看看周围广袤无际的平原景色，对将领说道："四周皆为平地，看不出沼泽地到底有多大。但可断定，想要靠近远处的高山，就必须穿过这片沼泽。"

将领点头对徐福的分析表示赞同，同时忧心忡忡地说道："徐大人所言极是，可目前怎么才能穿过这片沼泽呢？"徐福沉思片刻，然后指示道："把所有的木匠都叫来，让他们一边探路，一边铺路，以保证大队人马穿过沼泽地。"

不一会儿，随同徐福船队前来的木匠们都聚集在了沼泽地边上。几名木匠拿着长棍在沼泽地里探着深浅，一名木匠向徐福报告说："徐大人，沼泽地好像深浅不一，有的地方探不着底，有的地方则只有数尺深。"

徐福说："无论什么情况，不穿过这片沼泽地，就难以到达不死山。现在只有边探深浅边铺路，让大队人马顺利穿过沼泽才行，你们一定要竭尽全力完成任务。"

听了徐福的话后，几个木匠聚在一起嘀咕了一会儿，只见一个木匠吞吞吐吐地对徐福说道："徐大人说的我们完全理解，只是……"徐福见木匠似乎有难言之隐，便问道："只是什么？有什么困难吗？"木匠接着说道："只是巧妇难为无米之炊，沼泽上铺路需要大量木板，可这周围连一棵树都没有……"

徐福听了木匠话后才恍然大悟，他举目望去，开阔的原野上只有枯萎的草丛，却看不到一棵大树。没有木材木匠就无法铺路，可周围又没有树木可以采伐，看来穿过沼泽地真的遇到了问题。

徐福顿感一筹莫展，自言自语说道："是啊，巧妇难为无米之炊啊……"周围的人听了木匠和徐福的对话也都面面相觑，交头接耳地议论起来。其中有一人向徐福建议道："徐大人，不行咱们回到船上重新找地方上岸吧？"

徐福满脸忧虑地沉思一会儿，说道："我们在此人生地不熟，即使是改道在别处上岸，也未必就不会遇到沼泽。"大家觉得徐福说得有道理，可又想不出更好的办法，整个人群像被蒙上了一层荫翳一般，大家都陷入了沉默之中。

徐福愁眉紧锁，左思右想找不出一个如何穿越沼泽地的好办法。徐福吩咐将领说："先派兵士沿沼泽地两侧探索，看看有无其他道路可以通向前方，同时也找找是否有树木可伐。"被沼泽挡住去路的人们只好先就地搭起帐篷，做饭充饥。

徐福正在吃饭，将领前来报告说："徐大人，前去探路的兵士都回来了，说既无其他道路可走，也未见到树木的影子。"本来就没心思吃饭的徐福放下碗筷，沉思了半晌说："看来一时半晌还过不去沼泽地，先让大家歇息待命吧。"

傍晚，徐福在沼泽地边上走来走去观察着附近的情况，后面跟着将领和几个木匠。夕阳洒落在沼泽地上，举目望去像是一片平静的草原，高低不齐的枯草随风摇曳。徐福慢慢转身环视四周，似乎是在寻找一条出路。

当他将目光扫向后面的海岸时，突然将拳头砸向自己的手掌，眼睛一亮说道："有了！"将领和木匠们见到徐福似乎找到了办法，不约而同地把目光一起转向徐福看着的海边。可看了半天，却没明白徐福说的"有了"指的是什么。

这时只见徐福带着满怀希望的神情将手指向远方，果断地说道："拆船！"

大家一听徐福想到的主意原来是要拆船取木板铺路，个个吓得目瞪口呆。有人急得向徐福问道："拆船？徐大人的意思是把船拆了用来铺路？"徐福竖起拇指表示赞扬说："说得对！咱们就用这个办法来穿过沼泽地。"

受到徐福表扬的人立即摆起手来，连连说道："不行，不行！徐大人，船都拆了我们怎么回去啊？"

徐福听后哈哈大笑起来："谁让你把所有的船都拆了？那么大的船，拆一艘也就够了。再说等我们过了沼泽地，找到木材还可以再造船嘛。"大家听了徐福的解释觉得很有道理，每个人都有一种茅塞顿开的感觉，连忙分头行动，按照徐福的吩咐往海边走去。

大家回到岸边后，在大船船长的指挥下先将一艘旧船上的东西都搬了下来，然后七手八脚从上而下拆起船来。船下的兵士们早已排成长队，抬的抬，扛的扛，把拆下的木板运往沼泽地。

在沼泽地里，几个木匠拿着长棍探测着沼泽的深浅，并在确定沼泽较浅的地方，打上木桩放上木板铺成道路。从海岸延伸到此的小路上，兵士们正陆续把从船上拆下来的木板运来。随着阵阵叮叮当当的声响，一条约三尺宽的木板路一点点地被铺好，渐渐伸向沼泽地的深处。

旧船的上半部分很快就被拆掉，最后大家把底舱部分拖到了岸上。徐福和大船船长来到了拆船人们的跟前，向跟在后面的将领吩附道："告诉木匠们，铺路时要尽量节省木材，若是实在不够，就在大队人马过去后，再把后面的木板拆掉拿到前面去铺。"

夜晚，徐福在帷帐里伏案疾书，一个兵士进来报告："徐大人，大船船长求见。"徐福停笔抬头说道："好，请他进来。"大船船长从外边走了进来，拱手向徐福报告说："徐大人，木板路已经铺得差不多了，明日即可启程渡过沼泽地。"

徐福一边点头一边摆手示意让船长坐下，问道："我上次写给大本营的信是否送到？"船长喝了一口茶，把茶杯放在案上答道："虽说安排的是最有经验的水手，但路途遥远，飓风不断，尚未音信，不知是否送到。"

徐福说："我这又写了一封给大本营的信，根据目前情况，与在大本营联系要与给皇上送奏折一样，只有接连不断派人送去，才有可能把我们的情况传达过去。"徐福说完，将封好的书信递到大船船长手里。大船船长接过信后说了声请徐大人放心，便退出徐福的房间，安排他人再次将信送往大本营。

第二天吃过早饭，大队人马来到沼泽地边。一条又细又长的木板路已经在沼泽地里铺好，在朝阳的照射下泛着白光。徐福首先踏上木板路，并用力踩了一下看看是否结实。连在一起的木板路在徐福脚下只是左右稍加晃动了一下，然后又稳稳地恢复了原状。

徐福对木板路的铺设情况十分满意，他站在木板路上将手一挥，说了声"前进！"后面的人陆续而上，纷纷踏上木板路向前走去。不一会儿，木板路上形成了一个长长的队伍。

当从船上下来的人都走过去之后，木匠又把后面拆卸下来的木板不断运到前面。队伍在前进，木板在移动，徐福船队的人们在沼泽地上顺利向前。

走了几个时辰之后，前方将领匆匆跑到徐福跟前报告说："徐大人，徐大人，有希望了，前面的队伍已经走出了沼泽地！"徐福听后脸上露出了欣慰的笑容，他望望前方，又回首看了看后面，高兴地说："太好了！"

所有人马都越过沼泽来到了一片平原，后面剩下的唯有那条又细又长的木板路。将领向徐福请示道："徐大人，要不要把木板路拆掉带走？"徐福回头看了一眼遗留在沼泽地里的木板路，然后说道："不必了，说不定我们以后还会用上。"

挺进不死山

　　经过长时间的跋涉，徐福一行终于越过了沼泽地，继续朝着不死山的方向行进。船队的人在荒野上走着，离不死山越来越近。走着走着，刚才遥遥可见的不死山泛白的山头，逐渐被眼前的山峦遮挡，渐渐消失在了崇山峻岭之后。

　　大船船长边走边对徐福说："徐大人，在海上清晰可见的雪白山头，过了沼泽地就越来越小，现在完全看不见了。"徐福说："层峦叠嶂中的景色就是如此，远远望去是群山峻岭，高低错落，可走近之后则会被前面的山峦挡住视线。不过只要咱们朝着不死山的方向不断前进，翻过山后一定还会看见白白的山头。"

　　徐福一行爬上了眼前的高山，举目望去，雪白的不死山山头又出现在远远的前方。徐福指着雪白的山头对大船船长说："你看，那座山头这不又出现在我们眼前了？"大船船长边点头边说："的确如徐大人所说，但那里雾气蒙蒙，忽隐忽现，似乎离我们还相当远。"

　　徐福心里明白要到达不死山尚需时日，他什么也没说，只是带着大队人马在高耸的山顶上行走。脚下白云翻滚，到处是一片云海的景象。走了一段时间，徐福一行顺着山路下山。按理说穿过云层就应该能看到地面，可走了好长时间，眼前的云雾不但没有散去，反而似乎云雾变成了烟雾，并且弥漫着一股刺鼻的味道。

徐福等人一边用手捂着鼻子一边向前行走，很多人都被浓浓的气味熏得连声咳嗽，脸上露出十分痛苦的表情。众人在刺鼻的味道中艰难地走着，过了很长时间，终于来到了山下的一片平地。

平地的空气显然比在半山腰的时候要好些，虽然刺鼻的气味还有，但眼前的烟雾已经变稀，走着走着前方还有一些像房屋一样的东西隐约可见。

前面的大船船长回身向徐福报告说："徐大人，前方好像有人家。"徐福这时也注意到了前方的情况，吩咐大船船长要谨慎行事，一边观察一边向前方靠近。

徐福一行小心翼翼地来到了一些矮小的房屋前，朦胧中似乎可以看到周围有人头攒动。徐福和大船船长带人走了过去，路上果然有一些人，个个几乎衣不遮体，正带着惶恐不安的神情向徐福他们这边张望。

大船船长高声向他们喊道："喂，你们是住在这里的人吗?"对面的人们听到喊声，先是一愣，然后一溜烟地都钻进了旁边的那些矮小的房屋里。

徐福他们慢慢靠近小屋，一看这些小屋都是用木棍和干草搭起来的三角形窝棚状的东西。大船船长上去拽了一下门，发现门已在里面用绳子绑了起来。大船船长顺着门缝向里望去，只见有两个人躲在昏暗的屋里正打哆嗦。

大船船长透过光线，看清蹲在里面的原来是两个老者，看上去有五六十岁的样子。"喂，你们不用怕，我们不是坏人!"大船船长用温和的声音向里面喊道。里面的老头儿听到大船船长的喊声，往前探了探身子，半信半疑地爬过来把门打开，然后又踉踉跄跄地往后退了退，差点儿没摔倒在地。

徐福低身钻进小屋，赶紧上前把老头儿扶住，问道："老先生，你是不是生病了？"老头儿使劲往上挺了挺身子，似乎要靠自己的力气站好。他有气无力地摆了摆手，然后又用手摸摸自己的胸口，表现出呼吸十分困难的样子。

徐福把老头儿扶出了矮小的屋子，让他坐在一块大石头上，然后关心地问道："你这是怎么了？为什么身体如此衰弱？"老头儿用手锤了锤自己的胸口，喘了半天气才张口说道："这几天不死山又发怒喷火，昏天暗地，乌烟瘴气，谁吸了都会喘不过气来……"老头儿没等说完就急促地咳嗽起来。

徐福听后才明白为什么这里会是雾气腾腾的样子，又接着问老头儿："不死山离这里很近吗？"老头儿张了几次嘴，等把气喘匀后才对徐福说道："不是很近，但不死山喷火时就会把这一带都弄得乌烟瘴气，尘土飞扬。不仅没有藏身之地，就连喘气也很困难。"

仍在里面蹲着的老太太一看老头儿出去后不但没危险，还跟陌生人聊了起来，于是也起身吃力地从里面走了出来。老太太听徐福在打听不死山的事，便插嘴对徐福说道："你们是外来的吧？难怪不知道不死山的厉害。我们祖祖辈辈都住在这里，每次不死山喷火都会深受烟雾和尘土之苦。"

徐福听了老太太的话觉得不死山就是传说中的火山，但对烟雾熏人的情况还是第一次听说。想到这，他接着问道："那座会喷火冒烟的山为何叫不死山呢？"老太太看徐福问起不死山的由来，不由得高声解释起来："管它叫不死山，就是因为它会动。别的山一年到头

165

都静静地立在那里，可不死山就不同了，动不动就喷火冒烟，而且每次还弄得地动山摇，可吓人了！"

徐福看老太太那副谈虎色变依然心有余悸的样子，微微点头表示理解老太太说的是实情。徐福回身对后面的人说："弄些苦荼来，冲两杯给他们喝。"

不一会儿，手下的人拿来了一大罐苦荼水，倒在杯子里递给了徐福。徐福接过杯子先拿到了老头儿面前，说："这是苦荼水，有清肺解毒的功效，喝了它或许会好受些。"

这时大船船长也把另一杯苦荼水递给了老太太，一对老夫妇端起来咕咚咕咚地喝了下去。过了一会儿，老头儿和老太太都觉得心里清爽了许多，说话也不像刚才那么费劲了。

老头儿有了精神后，十分好奇地问徐福："这位先生，你给我们喝的是什么？喝完还真是舒服了不少。"徐福回身从刚拿来的罐子里捏出一些苦荼叶，放在手心给老头儿看，告诉他说这叫"苦荼"，是种出来的，对身体很好。老头儿仔细看了看徐福手里的苦荼，颇有感叹地说："这里的不死山经常喷火，每次都把我们熏得上不来气，要是有了这东西，或许就不会那么受罪了。"

这时，钻进其他小屋和住在周围的人们见老头儿和老太太跟徐福他们聊得挺来劲，而且还喝着什么，也都探头探脑地试着向这里靠拢过来。老头儿一边向他们摆手，一边说："大家都来吧，他们都是好人，喝了这东西，心里挺舒坦的。"

徐福见附近的人们都聚到了这里，便吩咐手下再多煮一些苦荼水给他们喝。

不一会儿，苦荼水煮好了，分到苦荼水的人喝了之后都觉得心里舒坦了许多。徐福看大家逐渐放松了对他们的警惕，便进一步打听道："刚才听说这里的烟雾是不死山喷火所致，你们到过不死山吗？"

大家听后面面相觑，最后有个人说："上不死山可不是件容易事，要是正赶上喷火，那就是死无葬身之地啊！"徐福听大家这么一说，深觉不死山是一个难以靠近的地方。但不登上不死山就难以找到那里的仙人，找不到仙人，就无法弄到仙药。

徐福很不死心地又接着问道："这么说不死山总是喷火冒烟，你们从未上去过了？"老头儿在旁边答道："其实不死山也不是总喷火冒烟，大家不敢上的原因是不知道它什么时候会发怒爆发，万一赶上那不就没命了。"

徐福本想向他们说明自己寻找不死山的来意，但一看大家对不死山都如此惧怕，便随意问道："哦，大家不敢上不死山原来是这个缘故啊。"这时，一个看上去四十来岁的汉子冲着徐福说道："我就不怕，也爬过不死山。"徐福一听心里感到喜出望外，急切地问道："你爬过不死山？不死山好上吗？有多高呢？"

汉子略显自豪地向徐福描述道："当然爬过，不死山特别高，下半截跟普通的山没什么两样，到处是茂密的林木。但越往上爬草木就越少，快到山顶的一段则草木皆无，就剩乱石一片了。"徐福见汉子对不死山描述得挺细致，相信他说的是真的。于是问道："你叫什么名字？能不能带我们去不死山看看？"

汉子答道："我没啥名字，因为脑袋比较活，大家都管我叫'卑智弥'。"徐福听后点了点头，心想这"卑智弥"一定就是当地话"聪明"的意思了。自己到此来寻仙找药，自然需要聪明的人帮忙，便拱手向卑智弥拜道："我叫徐福，是从大秦远道而来，目的是到不死山寻找长生不老之药，能否请这位壮士给我们带带路？"

167

卑智弥环视了一下周围的人们，又看看倒在杯子里的苦荼水，向徐福说道："既然徐先生这么高看我，带路上山不成问题。只是想请徐先生多给我们一些苦荼，以后让更多的人能在不死山喷火时舒服一些。"

徐福听汉子答应了自己的请求非常高兴，转身让人把带来的苦荼多给卑智弥一些，并说："我们带来的苦荼不是很多，但明年开春还可以再种，保证让大家今后永远有苦荼水喝！"周围的人们听徐福这么说，都高兴得手舞足蹈起来，有人甚至边哼着小调边跳起舞来。

徐福得知卑智弥愿意给自己带路后心里踏实了不少，再看看当地人们在自己带来的苦荼水中获得了幸福，更是感到十分欣慰。于是下令让手下人今晚在此安营扎寨，待明天一早让卑智弥带路继续向不死山行进。

清晨，一轮红日腾空升起。尽管四周仍是雾气蒙蒙，但与昨日相比已经少了很多。天空能见度大大提高，烟雾如轻纱般笼罩在大地上。徐福人马驻营地炊烟四起，人们都在忙碌着自己的事情。

徐福走出营帐，用手遮住阳光，向远方极目眺望。看了一会儿，他转向身旁的大船船长说道："天空虽比昨日明亮了许多，但远处依然是云遮雾障，看不见不死山的山头。"大船船长说："昨天卑智弥答应为我们当向导，想必跟着他走就可以找到不死山。只是他说离不死山越近，烟雾就会越大，而且有的地方毒气很浓，不可贸然前往。"

徐福听后表示赞同大船船长的意见，于是吩咐他先派几个人跟着卑智弥去前方试探一下。"大船船长说了声"是"之后，便挑了几个身体强壮的人准备跟卑智弥去打前站。

过了一会儿，卑智弥和大船船长挑的人都整理好了行装，在徐福千叮万嘱之后出发前往不死山。卑智弥带着他们朝着不死山的方向走去，远远望去，不死山的上空依然是浓烟翻滚，雾气腾腾。

刺鼻的味道随风阵阵迎面扑来，卑智弥对跟他前来的人说："要不是这几天不死山喷火，平时还不至于有这么大的烟雾。"身边的一个人好奇地问道："这大山还能喷火，从来没听说过。不死山喷火是个什么样呢？"

卑智弥一听跟他来的人不知高山会喷火，立即眉飞色舞地描述起来："不死山喷火那是地动山摇，天崩地裂啊。喷火时不仅火焰一冒千丈，而且还浓烟四起，飞沙走石，尘土飞扬，大地崩裂，万物倒塌，瞬时间方圆几百里都会被烟雾和尘土笼罩起来。"

几个人听了卑智弥的描述吓得目瞪口呆，面面相觑显出不敢再往前走的为难样子。卑智弥知道是自己的话吓着了他们，便又放松口气说道："别怕，不死山不是天天喷火，地动山摇也是偶尔发生，再说咱们这次只是去探路而已，又不会登上不死山。"

卑智弥带着几个人走了很长时间，前方的烟雾越来越浓，刺鼻的味道也越来越大。几个人的身影在烟雾中忽隐忽现，大家用衣袖捂着口鼻，强睁开眼睛，艰难地向前走着。

突然，一个人感到头晕腿软，摇摇晃晃几乎站立不住。卑智弥赶紧上前把他扶住问道："怎么了？不要紧吧？"两脚发软并一个劲儿往下蹲的人一边用手捶胸，一边张着大嘴困难地喘气，用微弱的声音对卑智弥说道："不行了，胸口堵得喘不上气来……"

正在卑智弥跟要倒的人说话时，旁边的几个人也都被烟雾熏得里倒歪斜难以站立。他们和刚才的那个人一样，一边用手揉着胸口，一边艰难地喘着气。卑智弥一看无法再向前走了，只好带着他们脱离浓雾地带，顺着原道返回了营地。

卑智弥带人回到了营地后立刻向徐福报告说："徐先生，或许是不死山刚喷火不久的原因，走到半道儿大家都被烟雾熏得站立不住，没办法，只好顺着原路返回来了。"徐福听了卑智弥的话后沉思了片刻，抬头问卑智弥："几个大汉去探路都无法行走，那大队人马如何才能靠近不死山呢？"

　　卑智弥想了想说："去不死山只要没有烟雾就行，但近日不断喷火，烟雾毒气又太，我看还是等些日子看看情况再说比较好。"徐福听后觉得卑智弥说得很有道理，于是下令让大家在这里做好过冬准备，等待明年春暖花开时再前往不死山寻仙找药。

不死山探险

和煦的阳光洒满大地，徐福船队来到不死山脚下已有三月有余。寒冷的冬天即将过去，早春的天空湛蓝明丽，不死山白白的山头遥遥可见。徐福船队营地方圆十几里草木开始返青，呈现出一片生机盎然的早春景象。

徐福推开窗户，尽管外边阳光明媚，但迎面吹来的清风还带着几分寒意。从附近山中移植到院子里的梅花已经开放，点点鲜红给营地带来了喜庆的气氛。

一个兵士进来向徐福报告说："徐大人，您要见的大船船长和卑智弥来了。"徐福回身说道："好，快让他们进来。"大船船长和卑智弥走进屋来，徐福给他们倒上茶，并坐在一起开始商议去不死山寻仙的事情。

徐福问卑智弥："现在已经开春，空气也变得清新透彻，我打算出发去不死山，你觉得如何？"卑智弥喝着比苦茶水要可口得多的茶答道："天气变暖后，不死山山头几乎每日可见。估计其喷火或有所收敛，我觉得可以去不死山，只要小心点儿就行。"

又过了些日子，天气明显转暖，气候温和可人。经过数日准备之后，徐福亲自带着一些人跟着卑智弥开始向不死山的方向进发。一路走去，空气果然与去年他们到这儿的时候大不相同。一路不仅风和日丽，而且始终可以在白云蓝天之下遥遥望见不死山银白色的山头。

大家来到了一片开阔地带，只见地面泛着灰白的颜色，踩到上面会腾起阵阵灰尘。卑智弥从地上抓起一把灰土给徐福看："徐先生，你看，这就是不死山喷火时散出的灰尘，严重的时候能把整个大地厚厚覆盖，草木万物都会被压抑而死。"

徐福听了卑智弥的话后眼睛从脚下向前望去，远处的景象果然如卑智弥所说，只见茫茫一片灰白，树木的枝叶上像被积雪覆盖了一般，无精打采，毫无生气。徐福弯下腰来，用手拨了拨地上的灰尘，发现落在地上的火山灰足有半尺多厚。

在卑智弥的带领下，大家风尘仆仆地穿过了这片平原。徐福从脚下厚厚的火山灰看，不死山的喷火的确很大，给这一带造成了致命的打击。队伍又继续往前走了一段时间，眼前出现了一个很大的湖。远远望去，湖边上人头攒动，好像挤在一处正在做着什么。

徐福等人来到湖边，才看清有很多人正在湖边喝水，还有一些人好像昏倒在了那里。徐福来到一个不断喝水的人旁边问道："你们为什么都在这里喝水呢？"那人有气无力地答道："哪儿都找不到吃的，我们只能在这里以水充饥了。你没看，好多人都已经饿得不行了吗？"

徐福这才明白为什么会有这么多人来到湖边喝水，于是赶紧让人把自己带着的食物分给他们一些。一些还能动弹的人抓过食物就吃了起来，那些已经被饿昏的人依然横卧在湖边呻吟，只是本能地向徐福他们伸着手，希望能够得到一些食物。

　　大船船长看到把随身带的食物送出去不少，便来到徐福身边十分着急地说："徐大人，救人要紧这个道理我懂，可我们带来的食物也很有限啊。"徐福听了点了点头，一边用手捋着胡须一边思索起来。

　　过了一会儿，徐福眼睛一亮兴奋地对大船船长说："你看，陆地上虽然十分贫瘠，但湖里还是应该有很多鱼的，我们可以捕捉一些用来充饥。"徐福和大船船长不约而同地将目光移向了湖面，只见湖水上的确有一些冒泡的地方，并且时而还有鱼跳跃，溅出阵阵水花。

　　徐福马上让人把带着渔网的渔夫叫来，并用酒泡过的黍米做鱼饵撒到湖里。不一会儿，很多大小不一的鱼都汇集到了这里，翻滚着水花抢吃黍米。只见渔夫奋力把渔网撒开，顿时罩住了很多鱼，然后满满地打上来一网。

　　当地人看着地上翻滚乱跳的大鱼，都高兴地拍起手来。徐福又让人取来木炭点燃，然后在上面支起架子烤起鱼来。不一会儿，阵阵诱人的香气弥漫了湖边，饥饿的人们个个眼睛睁得大大的，神秘不解地看着徐福他们。

　　旁边的厨师们开始认真地收拾起鱼来。他们先是把鱼鳞和内脏除去，然后用刀切成两半，最后分别将鱼皮去掉，两块雪白细腻的鱼肉呈现在人们面前。厨师又把去掉皮的雪白鱼肉用刀切成细细的肉丝，然后整齐地摆在了盘子里。

　　一个厨师把装满鱼肉丝的盘子端到了徐福和大船船长跟前，高兴地说："徐大人，我把这条最大的鱼趁着新鲜做成鱼脍了，撒上点儿盐生吃非常鲜美。"徐福一看厨师端来了一盘鲜美的鱼脍，竖起拇指高兴地说："食不厌精，脍不厌细，看着这鱼脍就馋人。"

徐福边说边示意大船船长一起吃鱼脍，在湖边喝水的当地人聚在一起十分香甜地吃着烤鱼，所有人的脸上都露出了幸福的笑容。吃了烤鱼后，人们从饥饿中获得了新生。一个女人十分感激地对徐福说："大人真是我们的救命恩人啊。前些日子不死山的石长姬发怒，吐火喷烟，尘土飞扬，弄得我们连一点儿吃的都找不到。"

徐福听女人说不死山的喷火是因为石长姬发怒，觉得有些奇怪，于是问女人说："石长姬是谁？为什么会发怒祸害百姓？"女人抹了抹嘴，倾斜着身子往徐福边上凑了凑，说道："唉，说来话长啊。这石长姬本来是个女山神，但因为自己长得很丑，所以就嫉妒漂亮女人，禁止所有女人上山。另外性情也十分古怪，喜怒无常，稍不顺心就会喷火发怒，飞沙走石，动不动就把这一带弄得昏天暗地。"

徐福一听原来是这么回事，接着急切地问道："这么说不死山的喷火和这一带的地动山摇，都是石长姬在作祟了？"女人和周围的当地人不约而同地点头对徐福的说法表示赞同。徐福转身跟大船船长和卑智弥商量说："看来传说中的蓬莱山就是不死山了，石长姬或许就是不死山的山神。要想进山寻仙，首先得祭神祈祷，祓除不祥。"

徐福等人带着从大秦同船来的童男童女，在当地人的引导下来到了不死山的山脚下。不死山喷火时流淌下来的岩浆已经凝固，草木万物被火烧得焦黑一片。来到山下后，人们开始做进山的准备。经过一番忙碌，祭祀山神的台子搭好了，上面还摆满了从大湖里打上来的大鱼。

童男童女们排成几列，做跪拜状面向祭台。徐福沐浴登坛，身穿浅灰色方士布衣，头发用带子高高束起，手拿祭神告示，迎风站立，仰望不死山，高声向天颂道："大秦人士徐福，奉命前来寻仙。得药辅佐吾皇，共图天下安康。石长姬神在上，我等俯首敬仰。愿献童男童女，为神左右殷勤。天哉，地哉，祐吾大志，辅我事成！"

祭完神后，徐福带着整队人马开始向不死山上进发。走在最前面的是当地的带路人，然后是兵士紧随其后，担负着探路和保卫任务。童男童女分坐在一些不大的马车上，徐福和大船船长等人手挂木杖，沿着山路向上爬去。

道路越来越陡，徐福艰难地沿着山路向上走着，大船船长在旁关心地说："山路崎岖陡峭，徐大人还是骑马吧？"徐福一边擦着额头的汗一边摆手说道："这么多人上山恐怕已经惊动了山神，若再骑马那就更大不敬了。"

爬了几个时辰后，大队人马来到了山间的一块平地。头顶白云缭绕，周围山崖陡峭，巨石嶙峋，千奇百怪，狰狞可怖。人们把行装卸下来坐在那里喘气休息，童男童女们纷纷下车，你追我赶地玩耍起来。

徐福站在那里环视了一下四周的情况，再看看已经西斜的太阳，与大船船长商量道："时辰已晚，不宜前行，今晚就先在这块空地上歇息一下吧。"大家接到徐福就地歇息的命令后，解行李的解行李，洗漱的洗漱，做饭的做饭。炊烟四起，欢声笑语，人声鼎沸，呈现出一派十分祥和的景象。

夜半更深，一轮明月悬挂在空中，不死山万籁无声，一片寂静。突然一声巨响，不死山顶火光直冲云霄，浓烟万丈。正在酣睡的徐福被巨响惊醒，他抬头望去，只见帷帐外边红光闪烁，身下的地面不断摇动。

徐福抓起衣服来到帐外，看到远处山顶有阵阵火球喷出，并伴随着隆隆响声。烟灰滚滚，在明亮处可见里面夹杂着很多石块。其他人也都纷纷从帷帐里跑了出来，身边的山体在晃动，峭壁上的巨石不时滚下。马匹被奇异的光景惊得前蹄跳起，不断嘶鸣。童男童女们被吓得在地上乱跑，哭爹喊娘，混乱不堪。

折腾了一宿之后，天亮了，不死山似乎停止了喷火。山坡上滚动的岩浆已经凝固，但周围依然白烟缭绕，雾气蒙蒙，遮天蔽日。徐福和大船船长察看着四周的情况，只见带来的兵士和童男童女不少都被落下的巨石砸死。

受惊的马匹有的从悬崖滚下，有的被巨石压死，鲜血四处流淌。徐福见此惨状，抬头望望耸立的不死山，感到已经无法再继续前行，只好下令让大队人马下山返回。

徐福等人回到了原地，大湖周围又被蒙上了厚厚的灰尘，就连湖面上也漂浮着层层白色的东西。徐福人马的脚下不断蹚起阵阵尘土，人们把手捂在嘴上遮挡着刺鼻的味道，举步维艰地来到了湖边。

徐福看到当地的人们被不死山的喷火又弄得疲惫不堪，然后与大船船长商量说："现在不死山喷火接连不断，看来此地不宜久留。"大船船长说："徐大人所言极是，火山爆发导致这一带到处都被尘土掩盖，寸草不生，我们还是先离开这里返回营地吧。"

当地的人们一听徐福他们要离开这里，都恋恋不舍地围上来，纷纷请求把他们也带上。徐福见当地人多年深受不死山喷火之苦，觉得十分可怜，于是答应了他们的请求，让他们带着必要的生活用品，随大队人马一起退向山下的平原地带。

前途无望，徐福只好带着所有人马从不死山山麓原路返回。开始想彻底返回原来的营地，但走了一日之后，徐福觉得从营地到不死山山麓路途遥远，往返颇费时日，于是决定在不死山脚下先找一处可暂时栖身的地方，以便伺机再登不死山。

走了几日，队伍朝着营地方向返回时漫然来到一处平原地带。

徐福举目望去，只见这里视野开阔，水草丰盛，群山环抱，地上几乎看不到不死山喷火的灰尘。徐福骑在马上，把手遮在额头上，神情严肃地环视了一下四周，然后又看看他身后坐在马车上的童男童女，还有经过长途跋涉已经疲惫不堪的人们。徐福抬手往前方比画了一下说："这一带看上去不错，是个可以生息的地方。我们就在这里驻扎下来吧。"

徐福一行来到了一片靠近水边的平地，然后开始做驻扎下来的准备。人们安营扎寨，起灶炊饭，平静的原野一下变得热闹起来。晚春时节，熏风扑面，阳光明媚，湿润温暖，枯草中泛出了片片新绿，四周的树木绽放着各种花朵。

大船船长边走边看大家的准备情况，一边满意地笑着，一边对徐福说道："徐大人，咱们就把这里建成第二个营地吧，过些日子再重上不死山。"徐福觉得大船船长所说正合己意，环视四方微笑着说道："好一处平原广泽，把所有人马都会集到此吧。"

经过几日忙碌，新的营地里一座座宽大的房屋平地而起。车来人往，人们忙这忙那，有的和泥抹墙，有的用茅草上顶。从不死山山麓跟徐福一起过来的人也纷纷上前帮忙，一边干活一边对徐福他们盖起来了的大房子感到吃惊和好奇。

几个从不死山来的人在盖好的大房子里钻进钻出地观看着。他们进屋后在里面转了一会儿，发现有个又窄又陡的木梯通向上面，便试探着顺着梯子爬了上去。来到屋子上面的阁楼后，看见一个木匠正在用草绳把木头捆起来，把它们搭成一个又一个的架子。

顺着梯子爬上来的人十分好奇地问道："下面那么宽敞，为什么还要到这儿来睡觉？"木匠笑着答道："谁在这儿睡觉啊，这里是养蚕的地方。""养蚕？蚕是什么东西？"从不死山来的人迷惑地问道。

177

这时，一个人从梯子爬了上来，手里还端着一个大筐。木匠觉得只凭嘴说难以让从不死山来的人明白，便一步跨到大筐前把筐盖掀了起来。筐里现出许多长长的绿色虫子，有的在树枝上爬行，有的在吃树叶。

从不死山来的人一见此情景吓得连续后退好几步，惊叫着："啊！好大的虫子！"

端着大筐的人不由得被他们逗笑了，连忙解释道："这是蚕，不是虫子。"

不死山来的人一听这就是蚕，便都伸着脖子一边朝筐里面慢慢望去一边问道："为什么要养这些像虫子的蚕呢？"端筐的人说："你别小看这些像虫子一样的蚕，我们大秦皇帝穿的衣服都是用它们吐的丝做的呢！"不死山的人一听像虫子的蚕还能做衣服，带着疑惑的眼神半信半疑地把脖子缩了回去。

明媚的阳光照耀在原野上，一排排的茅屋已经盖好，远远望去俨然形成了一个村落。房屋周围插着许多长方形的旗子，上面的"秦"字十分醒目。周边有很多人走来走去，忙忙碌碌的在做着各种事情。不时还有追打欢笑的孩子在他们周围跑来跑去，使这个新营地露出一派生机。

在一栋宽敞的屋子里，很多女工正在织布，穿行的梭子飞来飞去令人眼花缭乱。伴随着织机清脆的撞击声，一大块布在颤动中被织了出来。从不死山来的人三三两两地围在织机前，好奇地盯着织女的动作，脑袋随着穿动的梭子不停地动来动去。

"嘣"的一声，织机上的线断了，织女拿起线的两头把它系到了一起。从不死山来的人赶紧趁机问道："你们这是干什么呢啊？弄根线穿来穿去的？"织女一边把接好线的梭子往一排线的里面放，一边说道："我们是在织布，现在不织，到冬天就没穿的了。"

　　从不死山来的人站在织机后面，手里拿起已经织好的布片仔细端详着。这时那个养蚕的人走了过来，对从不死山来的人说道："现在织的是冬天穿的棉布，冬天的时候还要织夏天穿的丝绸，原料就是今天你们看到的蚕吐出来的丝。"从不死山来的人看着能把线织成布的织机，似乎理解了养蚕人说的用蚕丝来织布的道理。

大本营的夏天

末卢国夏季来临，蓝天白云，绿树鲜花，无论是田野还是远山，都呈现出一片生机盎然的景象。

源藏按照徐福的嘱托，在一开春时便到金刚山漫山遍野地寻找寒葵。正如童颜仙人所说，密林丛中的寒葵开着鲜艳的小黄花，非常显眼易于辨别。源藏连续多日在山上采集寒葵，然后和与他一起上山的人把它们背回了大本营，并趁着夏日将其晒干。

与徐福和荀憬分手后去东边采药的齐钧也回到了大本营，正在屋里观察着他长途跋涉取回来的乌药。齐钧拿起乌药，先是放在鼻子下闻了闻，然后又用牙咬掉一小块放在嘴里尝了一下，转身向身旁的源藏问道："源藏，你见过这种草药吗？"

源藏从齐钧手里接过乌药，举到眼睛前仔细看了一会儿，答道："要说寒葵，以前我也见过，只是不知道它具有养生的功效。齐大人采回的乌药看样子好像是什么树的树根，在这一带还真没见过。"

齐钧向源藏解释道："我去东面的时候，当地人说这种药可延年益寿。它的确是采自树木的根部，因切块晒干后略呈黑色，所以人们管它叫作'乌药'。"

源藏听后又仔细看了看这种被称为乌药的东西，并十分好奇地问道："乌药能延年益寿？为什么呢？"齐钧从案子上拿起一束记录乌药功效的竹简，展开来边看边对着源藏念道："乌药，性温，有祛寒理气，益脾健胃，止痛消痈之效……"

两人正说着，阿辰端着茶从外边走了进来。她一边把茶分别放到齐钧和源藏跟前，一边自言自语地说道："齐大人马到功成，这么快就采回了仙药，不知徐大人和荀大人何时才能归来？"齐钧和源藏听了阿辰的话不由得相视一笑，大家都知道阿辰心里想着的是徐福，按捺不住才这样自言自语地说了出来。

齐钧笑着对阿辰说："怎么？盼着徐大人早点儿回来啦？"阿辰听齐钧如此说，脸上泛起了难为情的红晕，但嘴上依然辩解说："能不能早点儿回来，也不是我想就行的。我只是希望徐大人和荀大人也和齐大人一样，顺利找到仙药。"

齐钧听后大笑起来，对源藏和阿辰说道："这倒是咱们的共同心愿！前几天接到徐大人的信，说是在不死山受阻，要待夏天才能再次上山，看来什么时候能回来还很难说。"

几个人正聊着，一个兵士匆匆走了进来拱手报道："齐大人，荀大人他们好像也回来了。"齐钧听后一怔，然后带着几分惊喜的神情对源藏说道："说是要回来，没想到这么快，走，咱们看看去。"

齐钧和源藏等人来到大本营外路口，只见一队人马从远方向这里走来。走在前面的荀憬一看齐钧前来迎接，翻身下马，疾步向前走到齐钧跟前，拱手拜道："有劳齐大人特地前来迎接。"齐钧也拱手拜道："荀大人久违了！今日平安返回，实为可喜可贺之事。"

回到大本营后，齐钧设宴为荀憬接风洗尘。宽敞的屋子里有很多桌子，上面摆满了美味佳肴。留在大本营的人也好久未能欢聚一堂开怀畅饮了，顿时宴会进入高潮，杯觥交错，欢声四起。

齐钧举起酒杯向荀憬敬道："恭喜荀大人不虚此行，马到功成！"荀憬亦举杯答道："也恭喜齐大人采回延年益寿的乌药，望能尽快返回，献于大秦皇帝。"荀憬说完后，从放在桌上的一个小包里抓出几个圆圆的东西给齐钧看："齐大人，这是我从南面带回的可以延年益寿的仙药。"

齐钧很好奇地接过荀憬带回的仙药，拿起来观赏了半天，然后关切地问道："不知荀大人南下去了什么地方？这种仙药是叫什么？"荀憬答道："我去那个地方人称是瀛洲的最南端，大小岛屿相互毗连，如珍珠般镶嵌在碧绿的海里。岛上景色秀丽，民风淳朴，生活习俗颇有以往齐国之风。我在那里经当地人指点，采到了这种当地人叫作'梨葛果'的仙药。"

齐钧听后又把目光回到了手中的药上，从其形状看的确像一颗干果，外皮坚硬，并带着光滑的褐色。荀憬接着介绍说："梨葛是春节开花，秋季结果。我到那里时正值深秋，所以很快就得到了它。"

齐钧又问："梨葛果如何入药？有何功效呢？"荀憬让人拿把刀来，并把一颗梨葛果放在案上一刀切开，里面露出了淡绿色的果仁。荀憬取出果仁递给齐钧说道："齐大人，你先尝尝。"齐钧把果仁放在嘴里轻轻嚼了一嚼，点头说道："有些酸甜，味道不错。"

荀憬接着介绍说："我们在那里上了好几个岛，无论哪个岛都是物产十分丰富，奇花异草甚多。生活在岛上的人长寿者甚多，童颜鹤发，精神矍铄。问其原因，他们异口同声地向我推荐了这个梨葛果。"

齐钧一听，对梨葛果更是兴趣倍增，急切地追问道："听荀大人描述，那里似乎是个很好的地方，梨葛果到底有何功效呢？"荀憬答道："梨葛果具有滋阴补阳的功效，既可以固精明目，强筋壮骨，也可以补肾滋阴，强中益气，生津止渴，排污祛毒，故当地食用者多身体健壮，神智清爽。"

齐钧听后连连点头表示赞许，颇为满意地说："这次我们跟随徐大人出海讨药收获不菲，等徐大人也采回仙药，咱们就可以满载而归了。"荀憬听后连连点头，同时问齐钧去东边采药的成果如何。齐钧把早就准备好的乌药拿出来给荀憬看，并向他讲述了采药过程和乌药的功效。

荀憬仔细端详着齐钧采回来的乌药，又想起一路前来在各地得到的其他延年益寿的草药，觉得此行收获还是很大的。只是荀憬在外一直未得到徐福的消息，便带着几分担心的神色问道："近来可有徐大人消息？"齐钧说："徐大人不时有信传回大本营。据信上说，徐大人一行已经到达蓬莱不死山一带。"

"蓬莱不死山？就是童颜仙人所说的地方吗？"荀憬听后问道。齐钧答道："据徐大人信上介绍应该就是那里，而且说那一带也有仙药。徐大人说目前已经找到不死山，只是连日喷火难以接近，待日后伺机再访。"

荀憬又问："那么大秦那边呢？最近有什么消息吗？"齐钧说："这里与大秦相去甚远，虽然不断派人传书送信，但都是有去无回。好在最近有一大秦使者漂流到了这里，捎来这样一封书信。"齐钧说完后把从怀里掏出的一封信递到了荀憬手里。

荀憬把信打开一看，是县令陈州写来的，信上说陛下不时问起徐福等人入海寻仙找药之事，还说日久不归，且无音信，已让秦始皇心生疑虑。荀憬看着看着未等把信读完，脸上的表情已经转喜为忧。

荀憬把信合上，表情严肃地沉思了一会儿，十分担忧地对齐钧说："我们出海多日，因远隔重洋，难通消息，皇上心中生疑情有可原。不过如果怪罪下来，我等辛苦弄不好会落得徒劳无功。"

齐钧听后也颇有同感地说道："这封信已让人抄写后送与徐大人了，现在看来，尽早完成寻仙采药大业，返回大秦是当务之急。无论秦始皇怎么想，我等赤胆忠心苍天可鉴！"

荀憬听后觉得齐钧所言甚为有理，便举杯说道："对，苍天有眼，自有公道。让我们举杯祝徐大人不死山寻药如愿以偿，早日凯旋！"齐钧也把酒杯举了起来，转身面向谈笑正欢的众人高声说道："诸位！大家一起干一杯，共同祝愿徐大人早日归来！"

夜深人静，远处时时传来狗吠之声，明亮的月光洒落在徐福船队的大本营上。阿辰躺在帷帐里因思念徐福辗转反侧，难以入睡。随着识字习文水平的提高，阿辰已能理解徐福临走时写给自己那幅"不得仙药，誓不归还"的含义了。

这些天，从齐大人和荀大人的对话中，阿辰略知了一些徐福现在的情况，也非常理解他们在不死山寻仙采药的难处。阿辰想着想着，不知不觉地蒙眬入睡了。

阿辰梦见徐福骑着骏马衣衫飘然地向自己而来，她自己也高兴地一边摆手一边朝徐福跑去。可就在快要靠近徐福时，没想徐福却快马加鞭从自己的身旁擦身而过，径直向大海的方向奔驰而去。阿辰急忙反身朝徐福的方向追赶，边跑边高声喊着："徐先生，等一下，等一下阿辰啊！"

阿辰气喘吁吁地跑到海边，但徐福等人早已上船离去。船上的徐福见阿辰赶了过来，向着她挥手喊道："再见，阿辰！阿辰，再见了！"阿辰焦急地朝海里跑去，海水渐渐淹没了她的身体。

　　阿辰非常害怕，奋力呼叫，在挣扎中惊醒过来。阿辰在黑暗中睁开双眼，眼前只有几道射在墙角里的月光。阿辰用手抚摸着仍在激烈跳动的胸口，两行泪水顺着脸颊流了下来……

再上不死山

　　徐福一行在不死山附近的平野修建了继末卢国之后的第二个营地。本打算夏季登上不死山，没想遇到火山爆发使计划落空。这次不死山喷火时间较长，左等右等也未见其平息下来。

　　日复一日，转眼几个月过去了，这一带慢慢进入了冬季。虽然不是那么寒冷，也不见怎么下雪，但远处的不死山头日益变白，面积也越来越大。显然已是大雪封山，无法上山寻仙找药，大家只好在这里悠闲地度过了一个冬天。

　　光阴荏苒，大地回春，随着天气的变暖万物复苏，和煦的春风又把田野吹得泛绿，一些草木陆续开放出美丽的花朵。

　　徐福将手里的笔放下，站起来走到窗边。他打开窗户面对暖烘烘的太阳伸展双臂，深深地吸了一口外边的新鲜空气。一个兵士进来通报："徐大人，大船船长求见。"徐福转身说道："好啊，我正好有事也要找他，快请。"

　　大船船长跟卑智弥走了进来，拱手拜道："徐大人，现在已是春暖花开，想听听徐大人对今后的打算。"徐福示意让大船船长和卑智弥坐下并说道："这些天我也在琢磨今后的事情。天气正在变暖，不死山方向的烟雾也已散去，看来再上不死山寻仙找药的时机到了。"

大船船长拱手答道："在下明白，那这就叫大家起营拔寨，准备向不死山进发吧？"徐福把手一抬说道："慢，虽然再上不死山势在必行，但结果怎样尚不可知。需兵分两路，一队人马跟我上山，剩下的驻留此地，男耕女织，做到有备无患。"大船船长听后说了声"是"，就带着卑智弥走了出去。

在新建营地的周围，很多人在开垦种地。河边上的人们正在用锹挖水渠，其左右两侧一块块方正的稻田已经修好。种地的人推着小车拉来了一车车的稻苗，卸下后整齐地摆在了畦田边上。

负责种稻子的头领上前拿起一撮稻苗，举起来对从不死山来的人说："咱们天天吃的米饭，就是这些小苗长出来的。"从不死山来的人一听哗啦一下围了上来，一边看着稻苗一边好奇地问道："这种草可以长出白白的米饭？为什么要往地里灌注那么多水呢？"

头领回头看了一眼正从水渠往稻田里流淌的水，然后说道："这种庄稼叫作水稻，有水才能长得好，米才能更好吃。"从不死山来的人想象不出头领说的庄稼是个什么样，只是似懂非懂地点着头，不再往下追问了。大家跟在负责种水稻的头领后面，学着把一小撮一小撮的稻苗插进泥土。不一会儿，水田里绿成了一片，随风摇曳，波浪翻滚。

在远处的一片山坡上，很多人正在开垦土地。

徐福和大船船长在已经开垦好的土地上踱步察看着，徐福对大船船长说："这一带因不死山喷火的原因，烟气和异味都很浓厚。咱们不仅要种苦茶，还得多种些茶树，用珍贵的茶水来清除身体里的毒素效果会更好。"大船船长说："我已经把为什么要种茶的道理跟

187

大家说了，不死山脚下的人们自古以来深受其苦，都非常愿意跟我们一块儿种茶解毒。"

两人边说边来到了正在种茶树的人们旁边，徐福一看种茶树的人弄得不够标准，便从其手中拿过铁锹说道："茶树苗需要几天浇一次水，而且要把水浇透。为了保证水不流失，要把茶树苗周围的土培得高高的，弄成一个凹形才行。"人们按照徐福的指导，在山坡上种上了一排排的茶树，并把两旁的土培得很高，远远望去犹如道道梯田一般。

天气一天比一天暖和，徐福选择了一个风和日丽的日子，让卑智弥带路再次向不死山出发。一队人马走在弯曲逶迤的小路上，远远望去白白的不死山山头泛着银光。两旁的原野已是绿草茵茵，鲜花开放，到处可以听到鸟的鸣叫声。

在卑智弥的带领下，大队人马很快来到了不死山脚下。卑智弥在旁边也说："天空晴朗开阔，脚下灰尘也已变成泥土，看来不死山这段时间一直没有喷火。"徐福觉得卑智弥说得有道理，环视了一下周围，然后对大家说："马上就要进山了，要注意察看是否有神仙或仙药的踪迹。"

人们在进山之前摆了个祭坛，供上美酒佳肴后举行了一个简单的祭山仪式。之后，又和上次一样，兵士跟在卑智弥后面在前边探路，徐福等人紧随其后。带来的童男童女则坐在一些不大的马车上，大队人马沿着山路向不死山的高处走去。

徐福人马又来到了上次遭遇火山爆发的那块山间平地。现在这里已被不死山喷出的灰尘和落下的巨石覆盖，从其空隙中隐约可见上次被砸坏的马车和人、马的遗骸。徐福和大船船长见此情形，不约而同地说道："咱们上次就是在这里受阻的。"

卑智弥在旁点头表示他们说得对，并指着一条上山的小路对徐福说："我们可以由此上山，但路窄坡陡，需格外小心。"徐福听后，先让人在断崖绝壁下修了一座石冢，摆上祭坛和供品，带领大家祭祀了亡灵，然后安排人马上山。

大队人马几乎是一字排开向山上爬去。过了半山腰后，道路开始变得崎岖难行，两旁的草木也越走越少，前面被积雪覆盖的山头已清晰可见。路越来越窄，而且越走越陡，马已经上不去了，大家都变成了步行。

大队人马艰难地向山上爬去，从车上下来跟着大人步行的孩子们已经走得筋疲力尽，哭啼声此起彼伏。徐福让兵士们背着他们，但在能走的地方还是尽量让他们自己走。

不死山的确很高，自从半山腰的平地出发后，徐福他们已经爬了多时也未到达峰顶。高山上天气瞬息万变，忽而晴空万里，蓝天白云；忽而风吹雨打，电闪雷鸣。所有的人都累得筋疲力尽，脸上露出疲惫不堪的神情。

徐福一边艰难地向山上爬着，一边低头看看脚下黑褐色的乱石。爬了一会儿之后，徐福气喘吁吁地站在那里，望着渐渐接近的白色山顶对大船船长说道："爬了大半天了，咱们已经到了很高的地方。"大船船长回首放眼朝下望去，远处的一切都已变得很小。他点头对徐福说："徐大人，从寒冷的空气和地面的石头来看，似乎到了草木不生的地带。"

徐福问卑智弥："这一带乱石滚滚，草木皆无，你以前来过吗?"卑智弥先是怔了一下，心中害怕徐福会怪罪他把大家领到了这里，急忙摆手说道："回大人话，我以前到不死山多是为了打点儿小动物吃什么的，从未爬到过这么高的地方。"

徐福听后没再说什么，他用手遮住额头，仰望着被积雪覆盖并在阳光下放出耀眼光芒的不死山山头说道："童颜仙人曾说，在蓬莱国不死山上有仙人和乌药，现在我们终于来到了它的周围。再让大家鼓把劲儿，争取早日登上山顶找到仙人。"

经过长时间的跋涉，大队人马终于穿过了黑褐色的乱石地带，但在接近顶峰的同时又被眼前的皑皑白雪挡住了去路。徐福抬头看了看高耸的山峰，又用脚踩了踩地下的积雪，有些感到意外地说："未想已进初夏，这里仍是冰天雪地，看来想登上不死山并非那么容易啊。"

徐福与大船船长商量如何才能穿越雪地登上山顶，大船船长想来想去也是感到束手无策，卑智弥更是没见过这个场面，在一旁只是低头不语。大船船长对徐福说道："徐大人，齐国虽然也有山顶积雪的情况，但山没有不死山这么高，雪到春天也会融化。"徐福神情严肃，看了看大队人马上山的道路，又仰头望了望积雪很厚而且还有很高的不死山山头，然后说道："尽管情况出乎意料，但事已至此，我们只能奋力攀登，边上边想办法了。"

大船船长看到徐福意志如此坚定，便把随行的工匠们聚集起来共同想办法。一个工匠献策道："船长大人，古人遇悬崖峭壁受阻时，多用修栈道的方法而过之。这座雪山虽无法修栈道，但我们可以沿着山坡铲出一条道路，然后像盘山道一样斜着上山。"

徐福和大船船长听后眼前一亮，都觉得工匠这个主意不错。在悬崖峭壁修栈道需很多工具和材料，而在雪山上修盘山道只要用铁锹铲出平地即可。大船船长连声称赞工匠的主意好，并传令兵士和工匠等马上用铁锹开路。

大家很快就动了起来，只见在一片咔嚓咔嚓的铲雪声中，一条几尺宽的盘山道慢慢出现在了眼前。徐福和大队人马开始沿着雪地盘山道向上慢慢攀登，但因为雪地很滑又没有可扶的地方，走到高处时十分危险。

阳光下的不死山银光四射，寒风呼啸扑面而来。带来的童男童女年幼体弱，无法独立行走，大船船长只好让兵士们把他们绑在自己的身上一起攀登。大家一个跟着一个，依次缓缓地在山坡上爬行。从下面向上望去，大队人马如同一条黑黑的长线，趴在一望无际的雪山坡上。

走着走着，前方出现的一段悬崖峭壁挡住了大家的去路。一些兵士打算先爬上去，然后为后面的人安装绳索。几个人试着开始艰难地向上攀登，爬着爬着，其中一人突然脚下一滑，整个身体顺着山坡滚落下去。掉下去的兵士在接连砸到下面的几个人后，径直摔落到深深的山下。

眼前怪石嶙峋，挡住了前进的道路，也让要继续攀登的人胆战心寒。徐福见此情景，望着前方寸步难行的陡峭山崖，长叹一声对大船船长说："漫山冰雪，难以选择上山之路，看来咱们只能等积雪融化后再伺机上山了。"大船船长也对目前的状况感到绝望，只好赞同徐福的意见，下令让后队变前队，注意安全，依次下山。

始皇归天

初春的咸阳城，东风和煦，生机盎然。大街小巷宫殿鳞次栉比，金碧辉煌。

咸阳宫内，秦始皇正在卧榻休息。赵高从外边走进来拱手说道："陛下，丞相李斯已经来了。"秦始皇往前探了探身子想坐起来，却因浑身无力，又偎靠在了卧榻上，轻声对赵高说道："召他进来吧。"

丞相李斯从外边进来，迈着碎步急切地来到秦始皇榻前拱手拜道："微臣给陛下请安。"秦始皇有气无力地把手向外摆了摆，示意李斯平身说话，然后问道："李斯，朕决意近日再次巡视东海，你能否陪伴朕一起出游？"李斯一听马上拱手答道："微臣愿为陛下效劳，可是……"

秦始皇向前微微探了探身子，问道："可，可是什么？"李斯见秦始皇面有不悦之色，忙俯身说道："微臣是说东海路途遥远，多有颠簸，担心陛下龙体劳累。"秦始皇听了李斯的话，反而霍地一下坐了起来，带着满脸不服气的表情说道："朕出游东海已不是一次，丞相不必多虑。"

赵高送李斯从秦始皇寝宫出来，李斯忍不住问赵高："赵大人，陛下近来龙体欠安，为何还要执意出游东海呢？"赵高压低声音对李斯说："陛下最近常问起徐福入海寻仙之事，估计勉强巡视东海大半与此事有关。"

李斯听了颇有醒悟地点了点头，问道："徐福出海时日已久，最近有什么消息吗？"赵高摇了摇头说："徐福他们如同泥牛入海，自走之后没有半点儿消息传来，陛下为此十分焦虑。"

李斯心想一定是秦始皇感到身体不适后，更急于想得知徐福寻仙找药的消息，才决定执意出游东海的。想到这里，李斯没再说什么，只是拱手与赵高告别便回到了自己的府里。

按照秦始皇的旨意，李斯等人陪同秦始皇再次东巡。

咸阳城门外，文武百官排成一列为秦始皇出游东海送行。秦始皇乘坐着由六匹马拉着的圆顶御驾，在兵士的簇拥下走出城门。后面跟着的是一串由四匹马拉着的铜车，李斯、赵高等随行官员分乘在其中。

秦始皇出游车队一路东行，逶迤穿行在辽阔的大地上。从咸阳到东海路途遥远，坐在车里的秦始皇经过长时间的颠簸在摇晃中闭目养神，显出一副十分疲惫的样子。

赵高把头伸出车窗，一边向远处张望，一边问随行将领："出来已经两个多月了，怎么还没见东海的影子？"随行将领答道："回赵大人，现已进入旧日齐国之地，估计再有几天就会到达临淄。"

又过几日，秦始皇一行终于来到了齐国旧都临淄城。临淄城内的民居错落有致，炊烟环绕，高大宽敞的县衙门就坐落在临淄城的中央。秦始皇被迎了进来，端坐在衙门府内的正座上，县令陈州带领众官员向秦始皇躬身拜道："微臣拜见陛下。"

显得十分疲惫的秦始皇强打精神说道："众卿平身。朕再次巡视东海一是为了安抚天下百姓，二是来看看徐福入海寻仙采药一事。"县令陈州连忙拜道："陛下心系万民，千里迢迢临幸于此，乃官民一大幸事。自大秦一统天下以来，百姓安居乐业，边陲平和无事……"

没等陈州说完，秦始皇早已显出不耐烦的样子。他对陈州摆了摆手，拉着长声说道："此等诸事自不待言，徐福入海寻仙有何消息？"

县令陈州脸上露出难以掩藏的惊恐，因为他心里最害怕的就是秦始皇问起此事。自徐福带着三千童男童女及百工入海以来，尽管他无数次派人出海寻找徐福船队的踪迹，但都是有去无回，杳无音信。若按实情奏与秦始皇，定会触怒龙颜，弄不好还会引来杀身之祸。

陈州装作十分镇静的样子，拿出早就编造好的话向秦始皇应付道："回陛下，微臣深知徐福入海寻仙采药一事系我大秦长治久安之大业，因此不敢一日怠慢，从未中断过对此事的询问。"

秦始皇听陈州如此说，脸上露出一丝满意的笑容，又接着问道："那现在情况如何？是否已经找到仙药？"陈州拱手答道："据往来信使报告，徐福已找到仙山瀛洲，不日将带回仙药献给皇上。"

秦始皇听后深深地吸了一口气，点头称赞陈州说："知我者，爱卿也。明日朕登琅邪台祭天后要继续巡视他处，徐福一事就让爱卿费心了。"陈州慌忙躬身答道："为陛下龙体和江山社稷，在下万死不辞，一有消息，绝不耽搁。"

第二天上午，秦始皇一行来到琅邪台。文武百官，排成一列，面对大海行祭天之礼。秦始皇迎风而立，双手抱拳高高举起，仰天长叹道："朕亲巡天下，登临琅邪。敬天崇德，励精图治。神祇保佑，国泰民安。长治久安，千古光明。"随行众臣也都一同躬身向天行膜拜之礼。

夜幕笼罩着临淄城，只有一些微弱的灯光在星星点点地闪烁。秦始皇卧在床上，难以抑制的阵阵咳嗽使他无法入睡。赵高在旁一会儿给秦始皇捶背，一会儿又给秦始皇端水，前前后后忙个不停。

秦始皇脸上渗出虚汗，好容易撑起半个身子倚靠在床榻上，喘着粗气对赵高说："朕自觉虚弱无力，颇有大势已去之感。"赵高赶紧上前扶着秦始皇说："陛下这是偶染风寒，不会有碍龙体，静养数日即可康复。"秦始皇又喝了一口水，感觉咳嗽有所减轻，便在赵高的搀扶下躺了下来。

夜深人静，丞相李斯正在伏案疾书。一个侍卫进来报告："李大人，中车府令赵高大人求见。"李斯听说心里一怔，放下笔吩咐道："请他进来吧。"

赵高快步走进李斯房内，带着几分焦急的语气说道："李大人，恕赵高深夜打扰，只是有事不得不向丞相禀报。"李斯听了吃惊地问："赵大人有话请讲，是不是陛下龙体欠安？"

赵高拱手答道："丞相英明，赵高就是为此而来。李大人知道，陛下在未出咸阳之前就龙体欠安，加之东巡奔波数月，近来愈加趋于虚弱。"李斯点头说道："赵大人所言极是，我本想劝陛下放缓出行，但陛下执意不肯。现在陛下情况如何？"

赵高一脸焦急的样子答道："陛下刚才咳嗽不止，虚汗满面，并说颇有大势已去之感。"李斯一听大吃一惊，目视前方沉思了一会儿后对赵高说："陛下身体虚弱，不宜继续东巡，明日就劝陛下起驾返回咸阳吧。"

次日，在李斯和赵高的力劝下，深感力不从心的秦始皇决定返回咸阳。

　　一队人马径直向西，行走在广阔的原野上。秦始皇车队来到了黄河边，准备渡河后继续西行。秦始皇躺在摇摇晃晃的车里，赵高在一旁忙这忙那地伺候着。

　　车停了，秦始皇半睁睡眼问道："赵高，到什么地方了？"赵高赶紧躬身上前答道："陛下，前面是黄河古渡口平原津，正在安排船只准备明早过河。"

　　秦始皇十分吃力地探起半个身子，拉开车子的窗帘向外张望。只见平原津码头上车来人往，一片繁忙混乱景象。秦始皇烦躁地放下了窗帘，有气无力地靠在了车上。

　　夜晚，营帐里烛光闪烁，忽明忽暗，秦始皇躺在床榻上，赵高跪在一旁伺候。秦始皇用极其微弱的声音说："人寿自有天数，朕已写信给公子扶苏，让他速来咸阳办理朕的后事。"说完秦始皇从身边取出一封用玉玺封好了的书信交给了赵高。

　　清晨，从各处找来的船只都聚集在了黄河渡口。秦始皇御驾上了一艘最大的船只，车队也陆续乘船渡过了黄河。

　　到了黄河对岸后车队继续西行，来到了一个叫沙丘的地方。此处土壤多沙，而且到处可见自然堆积成的大小沙丘，故自古以来有"沙丘"之名。

　　秦始皇的车队在途中一座凸起的平台高地上停了下来，这时的秦始皇在车里已是奄奄一息。李斯、赵高和胡亥都被秦始皇叫到了榻前，排成一列跪在那里。秦始皇微微睁开双眼，点头示意让赵高往自己的身边靠一靠。赵高赶紧匍匐前行来到秦始皇身边，并将耳朵贴近秦始皇的脸。

　　只见秦始皇手指着车外，并用十分微弱的声音说道："信，信，送给……"还没等把话说完，秦始皇的手往下一瘫，咽下了最后一口气。李斯和胡亥等人一见此景，慌忙爬到秦始皇榻前，连呼"陛下，陛下……"

胡亥明白父皇已经驾崩，正要放声哭丧，却被一旁的李斯用手止住。李斯冷静地对赵高和胡亥说："陛下驾崩在外，如果消息传出，各地皇子恐乘机争夺皇位，引起混乱，所以暂不能向天下发丧。"赵高在旁觉得李斯说得很有道理，但又一想感到皇上驾崩不发丧似有不妥，便向李斯征询道："李大人主张先不发丧，可有何妙计在胸？"

李斯答道："社稷易主之际最易发生混乱，虽然扶苏已被立为太子，但现在驻扎边陲难以立刻返回。"赵高一听趁机说道："陛下在世时，对公子扶苏不满才让他远赴边疆，现在胡亥就在身边，不如立胡亥为太子，速回咸阳继承皇位。"

李斯见赵高欲将胡亥扶为皇子来接替皇位，心里明白这是因为赵高平日教胡亥写字和狱律法令等，深得胡亥欢心的缘故。李斯权衡了一下日后的利弊，觉得目前只能按赵高所说去料理后事。

李斯想了一下，认为让胡亥继承皇位必须名正言顺，于是问赵高："陛下驾崩之际连声说'信'，是什么意思？"赵高开始犹豫了一下，后一想遗诏一事难以瞒过李斯，便直言相告说："陛下病笃之际，曾交给我一封给公子扶苏的信，尚未让人送出。"

李斯一听不知不觉说了声"哦？"直感这封没有送出去的信一定是秦始皇的遗诏，或许还与继承皇位一事有关。李斯急切地问赵高："信？是一封什么信？赶紧拿出来看看。"

赵高走到柜子前，拉开抽屉从里面取出一束竹简来递到了李斯面前。李斯接过来一看，信上写着公子扶苏亲启字样，并盖有玉玺将之封好。李斯说："此信定与皇位相关，若要决策今后之事，需开封观之。"

赵高一听李斯要私自打开遗诏，吓得往后退了一步。李斯见赵高和胡亥两人都露出惧色，便向他们解释说："此信事关重大，非我本人要私开遗诏，而是为国家社稷着想的不得已之事。我们三人共同打开遗诏，这样则非私而公也。"

三人商量了一下，觉得李斯所言实为上策，便共同打开了秦始皇的遗诏。遗诏打开后，发现上面并无具体内容，只是要公子扶苏尽快返回咸阳。赵高说道："现在皇上已经驾崩，若让扶苏、蒙恬返回咸阳，必将出现争夺厮杀的局面，不如借陛下之口杀之以绝后患。"

于是三人商定，模拟秦始皇的口气编造了假遗诏，说是李斯在沙丘受秦始皇遗嘱，立皇子胡亥为太子，赐公子扶苏、蒙恬戴罪就地自杀。几人商定好秦始皇的后事，立即派人快马加鞭将伪造的秦始皇遗诏送往边陲。

烈日炎炎，拉着秦始皇遗体的车队行驶在焦灼的大地上。跟着马车行走的兵士们个个大汗淋漓，脸上一副疲惫不堪的样子。车队从井陉走到九原时已经接近中午，李斯下令让车队停下来稍事休息。兵士们纷纷脱掉甲胄到树底下乘凉，很多人都端起陶罐贪婪地大口喝水。

李斯与赵高正在吃饭，李斯边吃边说道："赵大人，此地距离咸阳尚远，在烈日炎天下行走多日，恐陛下遗体难以保全。"赵高着急地把饭咽下去后说："李大人请放心，我已安排人将陛下御驾改为通风很好的辒辌车，估计坚持到咸阳问题不大。只是这些天实在太热，陛下遗体已从辒辌车中散发出一股臭味。"

李斯正用餐，听了赵高的话感到一阵恶心，皱了皱眉头非常担心地说："尽管我们极力装作陛下尚未驾崩，一路上照常给陛下送奏折和送饭，但若异味太大就会引起别人的怀疑。我看这样吧，让人到市场买些咸鱼来，然后分别装在每辆车上，这样即使有味儿也难以分辨了。"

　　不一会儿，兵士们从市场上运来很多咸鱼，顿时四周散发出一股腥臭味。兵士们捂着鼻子将咸鱼分成很多份，然后分别放在了车辆的后面。

　　拉着秦始皇遗体的车队回到了咸阳城。赵高与李斯商议道："李大人，国不可一日无君，当务之急是发布陛下驾崩告示，然后让胡亥尽快继位。"李斯捋着胡须，带着胸有成竹的神情对赵高说："赵大人言之有理，我已让人拟好布告，马上就会发出去的。明日召集百官上殿议事，传达陛下遗嘱，并让皇太子胡亥继承皇位。"

　　咸阳之东的骊山跌宕起伏，青翠秀丽。自秦始皇登基就开始修建的陵寝，动用全国各地调来的徒役七十多万人，历经十余年已经修好。陵寝按照方士张吉的设计，深度超过三重泉水，俨然是一座规模巨大令人叹为观止的地下宫殿。

　　秦始皇骊山陵寝内，一个官员正在大声吆喝着，让工匠们把贵重器物、珍宝怪石等搬进去。整个墓室被布置得豪华庄严，充满了珠光宝气。墓室布置完毕，工匠们又在墓道两侧安装了由暗藏机关操作的弓箭，待陵墓封上后若遇盗墓者进来，便可自动万箭齐发将之射杀。

　　墓道的地面是用水银浇灌而成的江河湖海，顶壁装有天文图像，下面置有地理图形，最后用不易熄灭的娃娃鱼油脂做成火炬将墓道照得通明。这样设计的目的是为了让秦始皇安葬后，仍能在陵寝尽享人世上的奢华。

秦始皇送葬队伍逶迤不绝，浩浩荡荡地来到了骊山陵寝。安葬仪式开始，文武百官身穿孝服，嫔妃宫女披麻戴孝列成一排。仪式完毕后，秦始皇的灵柩被安放在墓室里，工匠们开始封闭墓道，后宫嫔妃等哭声四起。

赵高在旁一边察看秦始皇的安葬情况，一边对贴身宦官说："墓室陪葬珍宝无数，如消息传出必将招来盗墓之徒。另外，先帝无子女的嫔妃日后也无法安排，墓道封闭时就让她们与里面的工匠们一起殉葬吧。"

咸阳宫内，文武官员列队行礼，为秦二世胡亥举行登基大典。秦二世胡亥正襟危坐在龙椅宝座上，接受群臣朝拜，李斯和赵高等重臣站立在两旁。秦始皇自公元前 221 年统一全国建立大秦王朝，自称皇帝后历经十一载而改朝换代。

三上不死山

开春不久就前往不死山的徐福船队，因山顶冰天雪地挡住去路未能成功登顶。徐福带人回到了驻扎的平野营地，等待入夏天热后再次前往不死山。

初夏的平野早已是绿树成荫，鲜花盛开。在山坡上种的茶树已经吐出碧绿的嫩叶，水田里的稻子在熏风吹动中摇曳生姿。

大家回来后在一片空地上进行修整，为跟徐福再次上山做着各种准备。

徐福和大船船长在各处走来走去，查看着人们的准备情况。徐福对大船船长说："上次雪山挡道无法攀登，这回估计最大的障碍是那些悬崖峭壁。"大船船长指着满载绳索的车说："徐大人，你放心，这次我特意让人带了很多绳子，上山的时候让大家串联起来，这样会大大减少危险。"

徐福拍拍已经装在车上的粗粗草绳，点头称赞道："好！下面修台阶，上面用绳索，这样登上不死山估计就有保障了。"

时至六月下旬，山下的天气已经开始由暖转热。人们把行李尽量放在车上，轻装上阵，一条长长的队伍又一次朝不死山的方向走去。

夏季的不死山的确与春天大不相同，虽然高处还可见残留的积雪，但下面的整个山坡都被新绿覆盖。山顶积雪融化之后，大片的地方都露出了黑褐色。

这次前往不死山的路程比较顺利，没走几日便来到了不死山脚下。途中尽管还能看到不死山喷火时散落的火山灰，但从平地到山脚都长出了很多花草，一片生机盎然的景象。徐福人马在山脚下稍事修整，然后仍和上次一样，让兵士们跟着卑智弥走在最前面，童男童女分乘小马车，沿着上山的道路向上行进。

大队人马再次来到上次被悬崖峭壁阻挠的半山腰，徐福站在那里抬头仰望不死山的顶峰。这次周围的皑皑白雪已经基本融化，呈现在眼前的只有一片黑黝黝的沙砾乱石。徐福仔细观察了一下悬崖周围的情况，然后对大船船长说道："积雪融化后，这一带的地形也变得一览无余，我们可沿着山坡绕过悬崖峭壁，最后登上不死山顶峰。"

悬崖旁边虽说有能继续攀登的空隙，但十分狭窄陡峭。大船船长让人拿出绳索，把它固定在前进的上方。走在最前面的兵士率先登上了悬崖，他们把绳索固定在了一块巨石上，以便让后面的人们能搂着绳索爬上来。然后，大船船长让大人背上随同前来的童男童女，排成一个长队，拄着拐杖，扶着绳索，一点一点地向上攀登。

从下到上，人们拉着绳索依次向前，不时有被蹬落的石头滚向下方。有的石头砸在了正向上爬的人的身上，随之发出阵阵的尖叫声。

突然有个人因石块脱落而两脚落空，身体也随着倾斜悬挂在了空中。他死命抓住手中的绳索，身体摇晃多次后终于稳定，然后又慢慢落回了队列之中。

在大家的共同努力下，最前面的兵士终于登上了不死山的顶峰。他们兴奋地站在那里向仍在攀登的人们挥手："上来了！到顶峰了！"下面的人们听到呼声后十分欢欣鼓舞，一下忘掉了全身疲劳，脸上露出了胜利和欣慰的笑容。

大队人马陆陆续续全部登上了不死山的顶峰。徐福和大船船长站在不死山山口边缘向下观望，眼前出现的是一个像巨大锅底一样十分宽大的深坑。不死山的山口深不见底，自下而上还冒着带有刺鼻气味的浓烟。

徐福面带疑惑地对大船船长说："几次攀登，历经艰险，现在终于到达了不死山的山顶，没想到竟是一个巨大的深坑！"大船船长一边探头探脑地向山口底下张望，一边说道："不死山果然非同一般，山顶竟然是一个无底大洞，莫非我们要找的仙人就住在这个深深的洞里？"

徐福若有所思地点了点头，对大船船长的说法表示赞同，然后说道："看来登顶并没有达到目的，下到山口底部探个究竟才能得出最后结论。"大船船长听后想了半天，然后十分担忧地说："这山口深不见底，而且烟雾缭绕，即使有仙人居住其中，可我们又怎么下去呢？"

徐福回头看了看正在无事玩耍的童男童女，颇有感慨地对大船船长说道："想见仙人，古来不易。如果将仙人需要的童男童女给他们送去，得到仙药就会大有希望。"

徐福吩咐大船船长搭建一个祭坛，然后让带来的童男童女跪拜在祭坛前面。一切安排就绪，徐福整理衣冠，双手高高拱起，深深三鞠躬向天行拜。祭完天后，徐福与大船船长商议，先派人带着几名童男童女到下面探探虚实，待时机成熟后将亲自前往拜见仙人。

大船船长按照徐福的指示，找来几个身体健壮的兵士。先让他们背上放有童男童女的竹筐，然后将长长的绳子绑在了他们的腰上，准备叫他们顺着山口慢慢下去。大船船长对兵士们说："你们下去后要格外小心，不仅要仔细探路，查明仙人所在，同时如遇危险可摇动绳子告知上面的人。"兵士们大声答道"是"，便手把绳索脚踏峭壁一点一点地向山口深处滑去。

奉命背着童男童女顺着绳索下去的几个兵士，谨慎小心地一步一步朝下滑去。他们越下越深，身边的烟雾变得越来越浓，一阵阵热风扑面而来。开始的时候，尽管兵士们被烟雾熏得睁不开眼睛，但还能用口勉强呼吸，顽强地向下滑动。但到后来，不但根本睁不开眼睛，就连呼吸也感到十分困难，每人脸上都是一副痛苦不堪的样子。下着下着，没过多久兵士们一个个都垂下了头昏死过去。

徐福等人看兵士不断向下放着绳索，便叮嘱负责放绳子的人说："下面的人探明情况就会上来，你们要把紧绳索，注意观察动向。"兵士们边答应边继续往下放绳索，开始还以为是下面探路的人非常顺利，但后来发现绳索始终一动不动，只是一味地向下滑着。

徐福见绳索接了一根又一根，只往下送，却不见有任何反应，心里觉得有些可疑，便让人把绳子往上拽拽试试。兵士们开始把绳索往上拽，只觉得下面沉甸甸的，却丝毫没有感到反应。徐福觉得不妙，命兵士们尽快把绳索拽上来。随着绳索的抖动，从不死山山口的烟雾中逐渐露出了兵士们的身影。

下去的人被拉上来了，离徐福他们越拉越近，却都一动不动，毫无任何生命迹象。只见被拉上来的兵士个个双眼紧闭，脸色铁青，鼻孔流血，一副十分痛苦的样子。被背在筐里的童男童女更是如同面人儿一样瘫在里面，早已被下面的毒气熏死了。

大船船长上前仔细察看了一番，然后对徐福说："徐大人，不知是何原因，下去的人都死了。"徐福满脸惊讶地来到几个兵士跟前，看着他们痛苦不堪的样子，沉思了一会儿说道："不死山喷火时，连山下的人都会感到胸闷气短，想必下去的人是被里面的毒气熏死的。"

大船船长想了一下，向徐福建议说："会不会是因为下面的仙人嫌弃我们送去的童男童女太少？要不再多送几个试试？"徐福听了大船船长的话后把目光转向了身后的孩子，只见跪在祭坛两边的童男童女，早已被从不死山山口拉上来的死人吓得直哭。他们一看徐福又将目光投向了自己，哭声变得更加响亮。

徐福朝不死山山口靠近了几步，低头向下观察着里面的情况。看了一会儿以后，徐福对大船船长说："下面烟雾很大，看来接近仙人并非易事，估计多送童男童女也是无济于事。"

大船船长显得有些焦急地问道："徐大人，好容易来到山顶，如果不能进入山口找到仙人，我们岂不是要前功尽弃吗？"

徐福看看远处，已是夕阳斜照，日薄西山，于是带着几分无奈的语气对大船船长说道："今天天色已晚，我们先找个避风的地方安营扎寨吧。"大船船长和周围的人看了看天边，又看了看躺在那里被熏死的兵士和孩子们，脸上都显露出无奈和失望的神情。

不速之客

末卢国海岸上，几个兵士身佩刀剑排成一行正在巡逻。远远望去，只见海面上似乎有条船正向这里驶来。

一个兵士吃惊地看着远方喊道："快看！那边好像有条船。"其他的兵士急忙聚到了一起，顺着叫喊兵士的手指方向一并看去，在茫茫的海面上的确能看到一条船正朝自己的方向靠近。

队长立即向身边的一个兵士说道："我们在这儿盯着，你马上回去向大本营报告。"接到命令的兵士转身就往大本营方向跑去，剩下几个人俯身卧在草丛中紧紧盯着远方。对面的船只越来越近，越来越大，上面好像还有人影晃动。

没过多长时间，海上的船已经清晰可见。一个兵士说："队长，这船看着挺面熟，好像是咱们大秦那边的。"队长严肃地看着前方，静静点头表示赞同。他心里觉得兵士说得很对，但嘴上还是叮嘱大家注意观察。

船慢悠悠地漂到了岸边，原来是一条不大的渔船。仔细看去，站在船舷上的几个渔民衣衫褴褛，蓬头垢面，身体显得十分虚弱。

船靠岸后，几个人从船上慢慢地爬了下来，踉踉跄跄地向陆地这边走来。

队长带着兵士突然从草丛跳出，一步蹿到了几个人的面前："站住！你们是什么人？从哪儿来的？"从船上下来的几个人被这突如其来的声音吓了一跳，慌忙跪在地上连声喊着："大人饶命，大人饶命！我们是大秦出海打鱼的渔民。"

队长一听这些人果然是从大秦来的人，但又不太相信一条渔船会漂洋过海来到末卢国，于是半信半疑地问道："胡说！大秦距离这里甚远，一条小小渔船怎么可能跑到这里？"

渔民们连忙跪在地上边磕头边说道："我们实为大秦的人，只因出海遇到暴风，迷迷糊糊在海上漂流多日，最后才到了这里。"队长听他们的口音的确是大秦那边的，于是说道："好吧，先跟我们走，见到我们大人再说！"

齐钧和荀憬正在屋里边喝茶边商量事情，一个兵士进来报告："大人，海面上发现一条可疑的船，队长让我先回来报告。"齐钧和荀憬都觉得奇怪，忙问道："海上有可疑的船？什么样的？"兵士答道："队长和其他人正盯着呢，具体情况还不清楚。"

正在齐钧和荀憬向兵士询问具体情况时，队长带着上岸的几个人已经来到了帐前。把门的兵士进来报告："大人，巡逻队长说在海边抓到了几个大秦来的人，请大人亲审。"齐钧一听抓来的人是大秦来的先是一怔，与荀憬对视了一下说道："好啊，带进来问个究竟。"

随着兵士的传令声，队长押着几个自称从大秦来的人来到了齐钧和荀憬的面前。齐钧看了看跪在地上不断打战的几个人问道："你们说是大秦人，怎么会跑到这里来呢？"

一个看着年长一些的渔民答道："回大人，我们的确是大秦的渔民，因出海打鱼遇到暴风才被吹到了这里。"荀憬在旁回想起船队在离开大秦后屡遇飓风的情形，对渔民说的话有些相信，何况这几个渔民的乡音也十分亲切，于是插嘴说道："既然是被吹到这里的，也算你们命大，那就说说大秦现在的情况吧。"

渔民们听荀憬让他们说说大秦的情况，有些胆怯地相互看了看，张了几次嘴也没敢把话说出来。齐钧一看他们是吓得不敢说实话，于是安慰他们说："我们也是大秦来的，他乡遇故人就是缘分。不用怕，有什么情况直说就是了。"

年长一些的渔民看了看其他渔民，又望了一下齐钧和荀憬，吞吞吐吐地说道："秦始皇在世时又是修驰道，又是筑长城，还要缴各种赋税，百姓已是苦不堪言。没想到现在秦二世即位，更是苛政有加，民不聊生……"

齐钧和荀憬一听感到非常惊讶，忙问道："你说什么？现在已是秦二世在位了？"渔民们忙异口同声地答道："小的不敢说谎，现在的皇帝的确是秦二世胡亥了。"

齐钧和荀憬对这突如其来的消息感到十分惊愕，荀憬向渔民问道："你的意思是说，秦始皇已经不在了？"渔民拱手答道："正如大人所说，秦始皇在日前的一次出游中身患重疾驾崩了。"

齐钧和荀憬面面相觑，张着嘴巴半天没说出话来。过了好半天，荀憬才试探着问渔民："你们听说过秦始皇派人寻仙找药的事吗？"渔民们一看荀憬转换了话题，还带着跟他们唠家常的口气，都松了口气抢着答道："是不是要找长生不老的仙药？这事朝野上下无人不知啊。"

荀憬一听，又与齐钧对看了一下，接着问道："那，那现在秦始皇已经驾崩，看来仙药没有找到？"渔民先是一阵哈哈大笑，然后说道："自然是没有找到了，要不然秦始皇怎么会驾崩呢?"说着说着渔民把笑容收敛起来，十分神秘地对齐钧和荀憬说："听说啊，秦二世为此事大发雷霆，说是秦始皇被方士所骗，要把他们抓回治罪呢!"

齐钧和荀憬听渔民们这么一说，顿时吓得毛骨悚然，觉得脑门儿上都冒出了虚汗。荀憬连忙摆手，示意让队长先将这些渔民带下去。

队长把渔民们带出去后，齐钧和荀憬赶紧坐下来商量道："看来大事不妙，需火速告知徐大人共商对策。"

从长计议

天气一天比一天热了起来。徐福绞尽脑汁，也没找到让人下到不死山山口里寻仙的办法。在足有几千米的高山上，天气多变，白天晚上温差很大，难以在此久留。

徐福一看无计可施，只好带着人马再次返回了平原地带的大本营。此时船队安营扎寨的平野已是绿树成荫，百鸟齐鸣，鲜花盛开，一片生机盎然的夏季景象。

徐福在自己的房间里踱来踱去，显得颇为焦躁不安。这时大船船长从外边走了进来，拱手向徐福说道："徐大人找我?"徐福停下脚步，连忙挥手示意让大船船长坐下，带着急促的口气说道："咱们从不死山下来已有多日，一直未能想出下到山口寻仙采药的办法，你看如何是好?"

大船船长知道徐福现在心里最着急的就是这件事，头脑里浮现出不死山山口深不见底，烟雾缭绕，把下去后被熏死兵士拽上来的情形。他显出一副无奈的样子对徐福说："徐大人，我也一直在想进入山口的办法。但山口深处烟雾毒气太重，加之天气变化无常，寒冷风大难挨，所以我们才无奈返回了这里。"

徐福满面焦虑，心事重重地望着窗外说："我们离开大秦转眼已是经年，若再长期逗留此地，既找不到仙人也采不到仙药的话，如何向皇帝交代……"两人正说着，只见一个兵士进来报告："徐大人，末卢国大本营有人送信来了。"

徐福一听眼睛一亮，立刻吩咐兵士让送信的人进来。末卢国送信的人风尘仆仆地从外边走了进来，将一束竹简高举过头报道："徐大人，这是齐大人和荀大人给您的书信。"徐福忙把信接了过来，并急切地打开来看。

信上先是向徐福汇报了荀憬和齐钧分头找药回来的情况，然后告知了从大秦漂流而来的渔民所说之事。徐福看着看着，脸色从欣喜变为严肃，惊讶地睁大两眼，半天没能说出话来。

站在一旁的大船船长一看情形不妙，侧身焦急地向徐福问道："徐大人，信上写的什么？出了什么事？"徐福一边放下信件，一边语调沉重地对大船船长说道："据说秦始皇已经驾崩，大秦现在是秦二世当政了。齐大人和荀大人希望我火速返回大本营共商大计。"

徐福决定立即返回大本营，大船船长带着众兵士来到海边为徐福送行。

大船船长拱手对徐福说道："徐大人，末卢国路程遥远，还是让我出海送大人回去吧？"徐福连连摆手并说道："我们好容易在这里找到了不死山，寻仙找药一事尚未成功，你先留在这里继续探索，我不久也会返回的。"

大船船长张了张嘴，最后还是忍不住向徐福说道："徐大人，既然秦始皇已经驾崩，我们还有必要继续寻仙采药吗？"徐福回首望了望远处的不死山，然后语重心长地对大船船长说道："寻仙找药是我

211

们方士多少代人的梦想，历经千难万险方至今日，万万不能因为秦始皇的驾崩而半途而废。"

大船船长见徐福态度坚决，志向远大，只好拱手拜道："多谢徐大人指教，在下定将竭尽全力继续寻仙采药，恭候大人平安返回。"徐福听后感到十分欣慰，也拱手向大船船长说道："一去一回，估计要到秋后才能相见。营造房舍，种茶收稻，安抚众人都事关重大，还请多加费心。"

大船船长和送行的人们拱手向载着徐福等的船只告别，一直目送到大船消失在茫茫的大海里。

徐福昼夜兼程，很快就回到了末卢国。徐福站在船舷上遥望末卢国，只见远处是层峦叠嶂的大小山脉，近处是寻仙采药的大本营。大本营经过一年多的建设，已是房屋成排，绿树成荫，周围牧场、稻田、茶园、菜地随处可见。

荀愓和齐钧在门前迎接回到大本营的徐福，两人拱手向徐福拜道："有失远迎，徐大人别来无恙？"徐福亦拱手答道："转眼相别多日，喜闻两位大人已寻药归来，甚感欣慰。"

三人走进屋里，相继坐下，阿辰把茶端来，不断用眼睛瞟看并略带羞涩地把茶放在了徐福的身边。徐福一边把茶端起来一边笑着对阿辰说："这不是阿辰嘛，好久没见了。"阿辰本想跟徐福多说几句话，但当着荀愓和齐钧的面又不好说什么，只是腼腆地笑了笑退了出去。

几个人喝了一会儿茶后，齐钧和荀愓急切地让人把自己采回来的药拿来给徐福看。齐钧把从东面带回的乌药放在徐福面前，并介绍说："徐大人，这是乌药，在东面山中采的。据当地人介绍有延年益寿之效。"

徐福拿起一点乌药，咬了一下品了品味道，点头说道："当地人最了解仙药的功效，我在去不死山途中的男岛也找到了类似于明日草的仙药。"荀憬也把自己从南方采来的梨葛果给徐福看，并介绍了梨葛果所具有的滋阴补阳的功效。

徐福一手拿着齐钧采来的乌药，一手拿着荀憬采来的梨葛果，十分感慨地说道："恭喜两位大人各自不虚此行，可惜不死山山口险恶难进，在那里寻仙找药尚需时日。"荀憬在旁带着安慰的口吻对徐福说："历经艰险，深感寻仙找药绝非一蹴而就之事。费时费力理所当然，只是秦始皇已经驾崩，我们该如何是好？"

齐钧在旁也说："本是奉陛下之命，花费财力来此寻找长生不老之药的。当今秦始皇已经驾崩，现在是秦二世当政，若这样回去恐怕会获欺君之罪。"徐福听了齐钧和荀憬的话后，目视前方，表情严肃，沉思良久后说道："我等不辱使命寻仙找药，一片忠心日月可鉴。现在虽然秦始皇已经驾崩，但我们已经采到的仙药仍可救国济民。"

齐钧上前对徐福说道："据从大秦漂来的渔民说，秦二世即位后不仅广施苛政，而且还对寻仙采药至今未归一事大发雷霆，说是要把我等抓回问罪。"荀憬也在旁边劝道："徐大人，识时务者为俊杰，我们不如暂留此地，待从不死山找到仙药后再做商议。"

徐福听了两人的话后，自己急于返回大秦之心也受到了动摇。一是秦始皇已经驾崩，即使把找到的仙药带回去也会被判重罪；二是不死山的情况究竟如何，何日才能找到仙药尚未可知，半途而废实为可惜。徐福想到这看了看齐钧，又看了看荀憬，然后说道："两位大人所言甚是，容我再考虑几日。"

明亮的月光洒落在末卢国的原野上，万籁俱静，偶尔能听到远处传来的长长的犬吠声。

夜深人静，徐福坐在自己的房间里，手捧书卷在灯下漫不经心地看着。脑海里浮现出出海寻仙的一幕幕：初见秦始皇、奉旨寻仙山、出海与风浪搏斗、漂流至瀛洲……

这时有人轻声走了进来，徐福抬头一看是阿辰。只见阿辰手端茶盘，迈着碎步向徐福走来，然后把一杯热茶轻轻放在了他的面前。自分别以来，徐福还是第一次与阿辰单独相处。白天虽说曾见过一面，但互相并未能说上只言片语。

徐福见阿辰含情脉脉地看着自己，觉得多日未见的阿辰变得更加深沉，更加成熟。徐福示意让阿辰坐下说话，阿辰躬身行礼后坐在了旁边的椅子上。

徐福说："阿辰，一别多日，你父亲源藏好吗？"阿辰答道："谢徐先生惦念，家父跟随荀大人和齐大人每日忙这忙那，一切都好。"

徐福接着又问阿辰："哦，那你平时都做些什么呢？"阿辰抬头看了徐福一眼，心里很感激徐福对自己的关心，答道："自徐先生走后，阿辰跟周围的人学了不少东西，每天也是忙忙乎乎的。"

徐福一听很感兴趣地问道："说说看，都学了些什么？"阿辰腼腆一笑，一边用手在手心里比画着一边说道："屋里的有织布啊，做饭啊，养蚕抽丝什么的。外边的有种稻啊，种茶啊，养鸡放羊什么的。"

徐福听了哈哈大笑起来，竖起拇指对阿辰说："学的东西真不少，这么说阿辰现在已是全才了啊。"阿辰见徐福表扬自己，显得有些不好意思地也笑了一笑。徐福接着又问："这些都是力气活儿，学字的事现在怎么样了？"

阿辰见徐福问起学字的事情，二话没说疾步从房间走了出去。徐福一怔，以为是自己的提问让阿辰感到不悦。正在迷惑之时，只见阿辰手里拿着一束竹简又从外边匆匆地走了进来。

阿辰把手里的竹简打开铺在了案上，原来是两幅字。一幅是徐福临行写给阿辰的"不得仙药，誓不归还"，另一幅是阿辰自己写的"仙药必得，等君归来"。徐福拿起阿辰写的字仔细地端详着，再看看自己写的字，不由得一股暖流涌上心头。徐福带着感激和惆怅的语气说道："写得好，写得好！可惜此次归来未能如愿。"

阿辰知道徐福说的是尚未从不死山采回仙药一事，于是关心地问道："阿辰听说不死山多险难入，寻仙找药尚待时日……"徐福点头说道："不死山的确神奇，经常吐烟喷火，搅得四周地动山摇。山口深不可见，无法派人入内寻仙。"

阿辰听后劝徐福说："徐先生是奉大秦皇帝之命，来此寻找长生不老之药的。现在皇帝已经驾崩，也可不去不死山冒险了。"徐福仰天长叹一声，颇为感慨地对阿辰说道："奉陛下之命来此不假，但寻仙找药是我方士一门的使命。大秦可不回，但仙药不能不找。"

阿辰一看徐福寻仙找药意志坚定，便试探着问道："这么说，徐先生还是要返回不死山了？"徐福随手把自己上次临走时写给阿辰的字拿了过来，然后用斩钉截铁的语气说道："不得仙药，誓不归还！"

阿辰一听，一把抓过自己写的字并将之撕碎，然后满目柔情恋恋不舍地说道："阿辰也要同去，服侍在徐先生身边。"徐福拉起阿辰的双手，两人对视许久，一句话也没说。

第二天，荀憬和齐钧很想知道徐福对下一步的打算，一大早就来到了徐福的住处。

徐福请两人坐下，阿辰把茶端了上来。齐钧喝了一口茶便把茶

215

杯放下，急切地问道："徐大人，接下来怎么办，想好了吗？"徐福也把正喝的茶放在了一边，毫不犹豫地对两人说道："留下，继续寻仙找药！"

听说秦始皇驾崩后，一直在琢磨如何回大秦交差的荀憬和齐钧听了徐福的话之后，睁大眼睛迷惑不解地问道："徐大人的意思是，我们留在这里不回去了？"徐福向他们解释道："以后是否回去尚不可知，但目前秦始皇已经驾崩，而且寻仙找药大业未果，我们应在此继续努力，从长计议。"

荀憬和齐钧两人听后相互对视了一下，心里都觉得徐福说得很在理。荀憬又接着问徐福："徐大人所言有理，那我们也起营拔寨，随徐大人一同去不死山寻仙找药吧？"徐福摇了摇头说道："瀛洲一带尚有很多我们没去过的地方，寻仙找药也不止不死山一地，要想完成使命，还需扩大寻找范围。"

齐钧在旁忍不住问道："徐大人的意思是我们再次分头去找？"徐福点了点头说道："对！不得仙药，誓不归还，这是我们出海时就下定的决心。末卢国和不死山脚下皆为平原广泽，我们要把这两个大本营建好，继续分头采药，并不断互通信息。"

过了几天，徐福决定离开末卢国返回不死山脚下。

这天，朝霞映照在海面上金光四射，秋季的大海风平浪静，碧波万顷。荀憬和齐钧带领众人前来为徐福送行，海岸边上人来人往，穿梭似的把各种物资运到船上，到处是一派繁忙景象。

徐福拱手向荀憬和齐钧辞别："多谢悉心关照，徐福在不死山下恭候二位大人的到来。"荀憬和齐钧一齐拱手说道："两地虽然相隔甚远，但我们是共负使命，心心相印的。徐大人一路保重，且盼早传佳音。"

徐福乘坐的船缓缓离开海岸。

徐福站在船舷上拱手向荀憬和齐钧告别，站在旁边的阿辰也翘起脚尖，挥动双臂向父亲源藏和送行的人们连声喊着再见。徐福满怀深情地望着前来送行的人们，心里描绘着要在平原广泽完成寻仙找药大业的蓝图。